一撇到西洋

明鳳英

自序

三十八年前的一個夏天，我離開了臺灣。為了觸摸天邊的彩虹，探測海水的溫度，也為了海鷗滑行的滋味。

那是人們談論約翰藍儂，林義雄，施明德，和新竹科學工業園區的年代。我的行囊裡帶著福克納的《八月之光》、康拉德的《黑暗之心》，《莎士比亞全集》，《英國文學史》，唐詩，《紅樓夢》，一本《三三集刊》和《夏潮》。

三十八年後，山風淩空呼嘯，颱風將到未到的一個夏日，我回到親愛的故鄉。天上日頭高掛，河面異光眩目，大雨卻轟然落下，把黃泥翻上河面。泥色水紋與白金天光纏攪在一起，一起湧向河口，奔入大海。

此時，我的行囊裡，裝滿了一篇篇的故事。有的是別人的，大部分是自己的。歲月匆忙，往往來不及聽完行旅間的傳說異聞、家長裡短，看不夠山巒的青綠，夕陽的變化，回程已經開始召喚。海鷗來去，那些未完的故事，就被掐頭去尾，夾進了日子的折縫。也使得每一個「下次」和「歸來」，充滿了期盼。

四季擦身而過。

早春，臺灣山風呼嘯，冷雨滴答。卻偶爾也有幾個無厘頭大太陽的日子，讓人們換上短褲，出來透透氣。南臺灣有情有義的小鎮，攤販，菜市場，清晨鐵門刷拉拉早餐生煎包字鹹豆漿，人們不厭其煩地為你指路。

夏季，火苗般的南臺灣太陽吻舔每一雙黝黑膩滑的臂膀。南臺灣的夜市巷弄，人們在高溫黏膩中，甩著夾腳拖，跨在轟轟的摩托車上，與喧囂聲汽油味兒悠然共存。此時的上海正是梅雨的天氣，整座城市被封進了蒸籠，接受三伏天氣的冶煉，成就它若近似遠浮浮沉沉的人情冷暖。

秋天特別短，那是我在美洲過感恩和聖誕節，鮮少飛行的季節。

冬季，家家辦年貨，超市裡發放福字，繡球吊飾、剪紙花樣、紅黃藍綠年糖、手撥小核桃、桂花糖、雪花糕成堆的時刻，大洋彼岸就開始不留情面地召喚，讓我飛過太平洋。此時魔幻上海的人們鼻尖上停著冰冷，耳垂頂著寒冬，陽臺上黃白臘梅的冷香鑽動，人家晾衣桿間掛著尿布。上海人強悍地過著他們的每一個日子。

四季來去，唯有海上仙山的香港不動聲色。風吹雨打也好，濕熱籠罩也罷，香江的總以最輕盈也最蒼勁的姿態，讓它那紅綠二色的計程車，全年無休盤行在雲霧繚繞的山腰。美麗的香江似乎打定主意，不管汗流浹背還是冷風冷雨，都要挺直腰版，步步走出它的紳士風範。

來去太平洋，彼岸嘟嘟的火車不時轉換軌道，拐彎打斜，鈎著拉著拖著拽著一節節的人生貨色，奔赴戰場。長串的車廂吹枯拉朽，奔馳而過，裡面藏著滿場碎步非跑的小兵丁，追趕鑼鼓點子。

海鷗來去。我且記下，這汪汪大海的溫度。

二〇一八、一、廿

明鳳英（前排右五）與三三集刊，
前排右四為朱天文、右三為朱天心（攝於1977年）。

目次

Contents

輯三　等待果陀

輯四　飛來飛去

輯一

地球上的故鄉

舊厝

天上下著棉花雨，人間已經是春天。

春日的午後，我獨自回到外婆的小村，海口臺西。年幼時，每年寒暑假必來的地方。

海風依舊夾砂帶鹹，草木依舊匍匐在地。海口的幽微，外人也許不識，卻牢牢牽繫著我的魂夢。

在車站外邊，撥通了阿發家的雜貨店電話，「喂，發仔有在嗎？」

電話那頭，「沒咧。妳誰人？」

「伊外甥女啦。」

「誰人？外甥女？是臺北那個，還是美國那個？」

「美國那個。」

那頭哇哇喊起來，「哎喲，鳳英仔，妳是要驚死人哦？沒聲沒息泅水回來，不輸水鬼咧。」

我說，「不是泅水，是飛回來的。」

「越來越厲害了，還會飛。」

兩頭都笑。「發仔有在嗎？」

「伊喑，每天趴趴走，數電火條仔（電線桿）很忙啦。」

「電火條當然要照三頓數，若被賊仔偷背走，泉州厝就火花沒電了。」

發仔

發仔是我表舅，年紀比我小幾歲。這些年，年輕人紛紛出走，村裡老人也一個個凋零。回到外婆村，我就只有發仔可找。

老人不在了，山中無大王，個人自主張。我們沒了規矩，索性以「姊弟」相稱。

「發仔，有什麼大條代誌，找阿姊。我替你出頭。」

發仔說，「那當然。不找妳找誰？」

我去媽祖廟，張王爺府，老街，祖屋，四處巡禮，發仔一路相陪。我沒什麼正經事，碰見涼茶攤子，喝碗涼茶，經過郵局，進去買張郵票，走到老街上，往人家紗門裡張望，跟人套近乎，「您們吃飽沒，我是蔫腳花伊外孫女，回來看看啦。」

老警察局還是原來的樣子。暗灰磨石子外牆上，亮晃晃的三個字：「警察局」。半個世紀前，父親的好友「泥鰍叔」在警察局對街賣米粉湯，現在那裡是一家西式麵包店。剛出爐的蒜蓉麵包，菠蘿麵包，沙拉夾心麵包，香氣鎖住了人的味覺。泥鰍叔仙去了，他的兒子「黑肉」還住在原屋。春雨天，大門深鎖，陽臺上那塊堪輿風水的招牌已不翼而飛。我張望了一會兒，並沒有拍門。

丁字路口那家海鮮店依舊。門前臺階下，擺著大鋁盆洗碗洗菜。

父親最後一次造訪「舊厝」，我們一家人就在這裡吃了午飯。

舊厝

「舊厝」是外公家的祖屋，一排黑瓦青楞白木椽柱的三合院，自祖姑婆去世後，就一直空著。

前廊正廳還是原來的樣子，兩側廂房屋頂卻被海風掀飛了，牆壁也塌了一半。不知是誰在上面搭上一塊宿鏽的鐵皮，也在殘牆間種起了小白菜。綠油油的小白菜映著紅磚牆，和小山般堆積的蛤蠣殼。

主廳的木紗門鉤上，插著一把螺絲起子，防海口風砂吹打，紗門劈劈啪啪煽動。廊前擺著茶具、竹椅、還有一輛積塵的破腳踏車。

我抽開主廳門上的螺絲起子，推門進去。主廳完全沒了擺設，廂房已經被用作儲藏室。搭在兩牆間的「大床」下面，堆放著各樣雜物，打魚種地的家當，腳踏車、黑籮筐、簑衣斗笠、燭臺金銀紙，氾潮的櫥櫃，和缺腿的桌椅。

小時候女眷都喜歡窩在大床上，阿姨嬸嬸們在盤腿依鏡，互相梳頭打扮，咬耳朵說閒話。小孩就扮起古裝美人，演布袋戲歌仔戲。

「發仔，這舊厝該整修一下吧。」

發仔笑道，「哪有可能？人多口雜，再說也不值錢。」讓我，「免肖想！查某嬰仔有嘴無舌。」

秋桐的西服店

每次回來，都到秋桐的西服店小坐喝茶。

我喊，「秋桐仔，沒閒嗅？」

秋桐從裁縫桌上抬起頭來，綻開靦腆笑容，「入來入來！外口落雨。」

秋桐小時候得了小兒麻痺，留在家鄉，靠一手西服手藝打出名號。平日秋桐在臉書上發表鄉間掌故，甘草人物的故事，大家都搶著看。他的店像個西服博物館，裁縫桌上各種家私頭仔，蒸氣熨斗、日本剪刀、竹擻量尺、裁縫粉筆、挑線小鑽，灰藍各色卷軸線團，滿地碎布。裁縫桌邊，有隻老式實木把手的蒸氣熨斗，木色讓手氣摩光，蒸汽打潮，屁股上一條蒸汽管子直懸高處。裁縫桌後的架子上，是秋桐的裁縫檔案，客人們身材尺寸簿，塑膠盒子裡是秋桐收藏的各樣的鈕和線團。另一頭，敞亮滿壁的櫥窗裡，陳列著四季各色西裝布料、西裝板模、和雜誌。

半世紀前，跛腳寡居的外婆也曾在這裡，以針線手工養活四個孩子。後來阿母在南臺灣眷村也為鄰居們裁做衣服。

外婆不在了，秋桐這店對我來說，自有一番想念。

那時，南臺灣的鄉間的婆婆媽媽們對「賊仔市場」別有情鍾。似乎只有從走私船上摸下來的，從人家床底下偷來的貨色，才能得到婆婆媽媽的信賴。外婆和阿母上菜市場，總特別留心那些詭異的腳踏車和後座的竹籮筐，因為裡面有時藏著「賊仔貨」，錦緞布料，日本蕾絲，新款東洋雜誌之類的。偶爾運氣好，讓外婆阿姨們買到了，她們就壓抑著興奮，小偷一樣鬼鬼祟祟地移送回家，壓在櫥櫃密處當成寶貝。

秋桐說，「現在的人，都去百貨公司買西裝。我這是黃昏事業，當消遣在做。」

其實，秋桐的店幾乎成了這裡的地標。

鐵鏽的老街

數百公尺的老街上，寸草不生，盆景花草全無。一片空蕩蕩，前後無車行，左右無來人。

發仔嘆道，「人都走光了。無效啦。」

一路走過去，俊傑藥房、麗影照相、三光旅店、保壽醫院、成吉米行、金義德蔘藥房、建川號、心昌齒模、王明遠代書事務所，還有其他規模較小的中西藥房、文具行、米粉店、楊楊米店、牙科醫院。一個個生鏽的老店招，脫漆的灰藍二色窗稜，滿滿塵埃的水泥汀小陽臺，藏著海域小鎮的祕密。

鐵灰素雅的「建川號」三字，鑲在一間磨石樓房上，老舊的橄欖綠窗稜靜靜相伴一旁。聽說，這建川號原是此地赫赫有名的鹽商之家。三光旅店和保壽醫院比鄰，同式三戶連棟的貼磁三層樓房，灰藍的門戶，雅緻的圍欄。「成吉米行」是阿母年輕時「做米粉」打工的地方。

騎樓下店家的鐵門攔腰凹進一截，是那個醉漢倒車撞上了？臨街那整片米黃磁磚牆掛著一條條棕色水紋，是鐵鏽雨水長期染城的吧？鐵窗上的粗粒是海風鹽水咬噬的？如果走上陽臺，靠著欄杆小站一會兒，衣服上的鐵鏽大概就洗不掉了？還有那陽臺上，灰藍鐵花玻璃門後，當年是不是住著一位從嘉義、北港、甚或宜蘭嫁來的有錢人家的女兒呢？

看見一位銀髮阿婆和攙扶她的印尼姑娘，在騎樓下悠悠走動。發仔招呼道，「阿嬤精神真好，中午也沒睏一時。」

阿婆眼睛一亮，笑面迎人，「落雨天，你們出來遊街嘜？啊你是誰人？」

發仔說，「我住在泉州厝，叫發仔。這是我的外甥查某，伊外嬤以前住在郵局邊，過身了。伊回來外嬤的舊厝，想照幾張照片。」

阿嬤確認了「自己人」，點頭道，「思念故鄉，那是應該的。」笑嘻嘻地指向門邊嶄新錚亮的大紅電動車，「看，我孫子買給我的。少年人出去吃頭路，買這個回來孝順我啦。」

我們連聲讚嘆，阿嬤卻做出不在意的樣子，揮手道，「平常時沒在用啦！」

阿婆家的屋子是閩南式的兩層樓建築，大氣體面，想必是當年生意鼎盛的大戶人家。店前騎樓，一排玻璃窗，店後連著三四十米深，是店家一家人的住處。

一進進的廂房，由貼壁一條長廊貫通。沿著長廊，可穿堂入室，直通屋後菜園。「一進」是客廳茶間，「二進」「三進」是榻榻米起臥間，「四進」是吃飯間。再往裡走，分別是灶臺、洗澡間，菜園。二樓也有房間，年輕人住。後院是菜圃，種著小蔥和空心菜。邊上有個大水缸，現在填上了土，種著香菜，芹菜，檸檬草，和九層塔，成了香草盆景。牆邊散放著鋤頭、圓鍬、磚頭、麻布袋。地上雞鴨隨意行走。

小時候最喜歡外婆家的大水缸，趴在缸邊照鏡子，不時往缸裡雞貓耗子喊叫一通，迷戀自己的回音。

追看古早味

老街的風華和熱鬧，我是見過的。

每年農曆六月初十安西府張李莫千歲誕辰，鄰近縣市的牛車、腳踏車、徒步信眾齊齊擁進，戲臺叫賣，朝聖禮拜，可謂熱鬧滾滾。一大早，阿母把我從床上拖下來，扶著跛腳的外婆，到市場挑選蛤蠣生蠔虱目魚魚蝦鰻類各類生鮮。這不是給張李莫千歲準備的，而是要款待四面八方來海口拜拜的親同好友。日頭剛出來不久，整個老街已經沸騰了。市場上大家拉直了喉嚨高聲叫嚷，好像這才是唯一正常的溝通方式。

早市的水貨生鮮，活跳跳讓我們提回家，一路滴著水。小孩們把鰻魚泥鰍青蛙放在澡盆養著，虱目魚吳郭魚一陣撲打碾壓，讓阿姨嬸嬸快手去腮刮鱗，不由分說做了祭品。

此刻，老街的「果仔店」（雜貨店）前，只見幾個老人閒坐泡茶。往日繁華夢境，像是從來沒有發生過。

發仔和我過去打招呼，一起坐下。春雨滴滴答答，大家靜靜看了一會兒。一個老人站起來，說，「走。一起去看幾個古早味的所在。」

是一處廢棄的老碾米廠，藏身在老字號米店後面。四周已被此起彼落的民舍圍住，沒有獨立的出口。進出這裡，只能穿過米店。但它保存完好，全套木頭裝置，大約三層樓房高，五六個店面長寬。仰頭看它，竟像個巨型的積木玩具。米店主人與我年齡相仿，告訴我，米廠原是祖父為了碾米做米粉，請「大陸人」設計建造的。

如此隱密，除非當地人，大概永遠不會知道這奇妙的所在吧。

米店主人又說，「若是愛看古早味，還有一個泉州晉江來的丁家門坊，看不看？」眾人想看，於是，由米店主人領隊，一行人穿過巷弄，爬上鄰家閣樓，一個個扭著脖子，往頂樓的一個小窗看出去。果真，在擁擠的瓦舍屋頂間，有半片石雕飛簷，上書「晉江丁氏」四個大字。眾人歪著腦袋嘖嘖稱奇一番，又小心翼翼地爬下閣樓。

這時，又有人說，「我還知道一個老房子，檜木的，是日據時代保正的家。」

於是一夥人又往前走，尋到了「保正的家」。鐵門咿呀咿呀被推了上去，顯山漏水現出一個徹底「蒙塵」的空間。有人掏出手帕來揩灰塵，原來厚厚的積塵下面，有貨真價實的雕樑與畫棟。屋樑、壁間、窗稜、樓梯，都是精雕的上好檜木。正廳上方有個升降的平臺，上下升降，直通二樓當家帳房。賣家把貨進到堂內，當家的在二樓亭子間驗貨。王不見王，銀貨兩訖。

外婆的舊厝，孤立在狂風砂石中，一年年凋蔽。

海口的昔日繁華，藏在我幽微的記憶深處。

只是舊厝的迴廊，還禁得起多少風砂吹打？還能立在灘塗海域，等待我下一次的歸來？

二〇一六、六、三

泉州陳埭清真禮拜堂（攝於2015年）。

阿母講電話

不管什麼時候打電話回家，阿母好像都「正好」在電話邊。叮鈴鈴——叮鈴鈴——「阿母，妳在睡午覺？」

阿母迷糊的聲音說，「沒啦，沒睡，眠一下而已。肖查某妳三不五時打電話回來，妳電話線自己牽的，免錢哦？」

「咱鳥松今日黑陰天呢。妳們美國呢，有黑陰天沒？妳過得不好？其實，問也白問，不好妳也不會告訴我。好啦好啦，妳說怎樣就怎樣，我都相信啦。不信又怎樣？

我跟妳講，臺灣今年竟落雪呢，妳知影否？嗄，妳怎會知影？看電視。噢，是看電腦噢。我跟妳講，平常時要穿得夠燒，有聽到沒？感冒起來不得了。

知道知道，騙肖，妳什麼時候有在給我知道？生嬰仔有甚好？相欠債啦。我若早知道，就不要生妳。不好好待在臺灣，一定要攀山過海，去沒人相識的地方，讀完冊，又說要在那邊吃頭路，現在吃頭路那麼久，猶然不回來！查某嬰仔太過活動，不好。以前就叫妳找一個有樓仔厝有田產的人，嫁在臺灣做頭家娘，日子平平順順過，妳就不聽！……哎唷，唉，生到妳這個查某嬰仔，我操煩到頭毛白了了。」

趕緊打岔。「阿母，咱厝內，最近有什麼大條代誌沒？講來聽看看嘛。」

「呸呸呸！這句『大條代誌』，交代過多少次，叫妳不能黑白講。咱厝內能有什麼『大條代誌』？以後不可再講，聽到沒？查某嬰仔講話要有分寸，要有氣質。

若說大條代誌，咱厝內是沒啦。一天一天順順得過，大家健康平安，就尚好了。對不？

昨日，妳哥哥騎摩托車載我，到工協新村兵仔市場去買豬肉。買了二十斤做臘肉，攏總作出來有二、三十條。院子裡的竹竿，我攏總擦乾淨了，但是今日沒出日頭，明天再掛出去。

什麼二、三十條太多？怎麼會多？妳算看看，厝邊隔壁，有在走動的親戚，以前眷村的老鄰居，一家一條，還不夠啊。自己做的，過年分一分，一個心意啦。

我怎麼會做臘肉？以前眷村的李媽媽教我的啊。妳忘了？一瓶高粱酒、一瓶豆油、一斤糖，五香八角，浸起來放冰箱過一眠。冬天的太陽沒那麼艷，不會曬太乾，曬到油滴出來，肥肉看起來像蠟燭就可以了。一定要用高粱酒，不是隨便煮菜那種酒，氣味不同款。

我們家的高粱酒，是爸爸留下來的。爸爸在的時候，寶貝一樣藏在衣櫃裡，捨不得開起來喝。我用來醃臘肉，分給大家吃，算爸爸大方請客啦。

以前我們眷村，每家人過年都灌香腸，妳記得否？周媽媽灌豬肝香腸，我當時感覺很奇怪，哪有人豬肝灌香腸？但是部隊的叔叔伯伯都很愛，說配燒酒很香。妳記得嗎，周伯伯做的板鴨，嬸嬸的鹽水雞，張媽媽的客家魚丸，還有呂媽媽包的魚肉水餃。過年大家聚餐，臘肉炒蒜苗，煎香腸，大人一桌，小孩一小桌。還記得嗎？

周媽媽啊？她還是騎摩托車到處跑，撿紙盒子賣。哎呀，講不聽啦，她兒子清華大學畢業，出國回來在新竹開公司，她還在撿紙盒。唉沒辦法，講不聽啦。開媽媽想得開，天天去北投泡溫泉，她家小孩在大陸做生意，很成功。

好多人都死了。有一天，我也會死，會去天堂找妳爸爸。

我打岔。「阿母，妳唸一條歌給我聽。很久沒聽，很想聽妳唸歌。」

「好啊。要聽我唸歌，還不簡單。現在開始喔。

拍你千，拍你萬，拍你一千控五萬，千萬千萬水當當。」

「好聽，再來一條！」

「可以。再來一條喔？好……

一個三三，二個炒韭菜，三個漿漿滾，四個炒米粉，五個做官，六個殺豬，七個分一半，八個爬南山，九個九嬸婆，十個撞大鑼，十一吹古炊，十二擔生威。

好聽不？我跟妳講，阿母細孩的時候，很會念歌詩哦。聽廟口的人念一遍，我就會了。我自本的名是阿娥，菜市仔的人講，那是菜市仔名，臭俗了。我阿爸說，那要怎麼辦？菜市仔的人就講，不如叫阿映仔，我就叫阿映仔了。

我阿爸的名字是阿庸。我們小孩都叫他『阿庸』，不叫阿爸。我阿庸做工回來，跟我講：

『阿映仔，來給阿爸念一條歌，阿爸肩胛在酸，給我捏捏。』我給阿庸唸完歌，阿庸就說，『去點一支煙來給阿爸啵一嘴。』我就去點支煙，放在嘴上自己嘴上自己先啵一嘴，火就起來了。

我從來沒想要抽煙，但講來也奇怪，十八歲病子懷妳哥哥，突然想啵一嘴，一直想一直想，真是奇怪。還想吃菜瓜炒蛤蜊，那時候我們住在山裡，哪裡去找蛤蜊？嗄，真是奇怪。

講到生你們兩兄妹，真的會笑死人。那時我們家有夠瘦（窮），請鳳山市內的羅婦產先生娘來接生，費用是一百塊，還要坐三輪車的錢。那是我和你爸爸全部的財產，再要多五塊錢，我們就要土土土，真是拿不出來。你哥哥生下來，先生娘三天以後來巡嬰仔，看肚臍，也要收錢。以前的人說，錢會逼死人，真正是這樣。生了你哥哥，部隊上的老兵都跑來看小孩，連平常最老實最害羞的勤務兵也跑來看。大家都好高興。

一百塊實在太多了。輪到生妳的時候，我就想，不叫先生娘了，看看會怎樣。所以，妳是生在地上的。地上孔古力啦。不然要生哪裡？我在洗衣服，覺得快要生了，就自己慢慢走回家，剛進家門就知道要生了。我憋了三遍氣，出三遍力氣，噗嚕一下，妳就生出來了。

我聽見隔壁李太太推門出來，咿呀一聲，在門口掃地。我就說，李太太，李太太，拜託你去給我叫我先生回來，好嗎？

李太太不知道什麼事，說，妳怎麼了？我說，沒有啦。妳不要進來，去叫我家明仔回來就對了。

你爸爸趕快從部隊跑回來，看見我們倆躺在地上，在屋子裡走了兩圈，一直摸頭，說，妳怎麼今天就生了呢？太早了啊。怎麼辦呢？我們也沒叫先生娘來。我說，不要叫先生娘，太費錢了。你爸爸跑到門口，朝李太太家大聲說，她生了，她生了，怎麼辦？怎麼辦？李太太才跑進來，說，趕快去叫部隊醫官來。去叫醫官！

其實，部隊上的醫官也不是醫官啦。我們部隊哪有什麼醫官？就是一個少年兵，大家都是輪流試試做做看啦。但他真的很認真，剪刀還先用酒精消毒過，才剪肚臍喔。很下功夫啦。每一兩個小時就跑來看一次，講，有沒有好一點？有沒有好一點？

後來妳長大一點，有什麼毛病，我就騎腳踏車帶妳去給鳥松那個『肖醫生仔』看。一次九塊半。人家都說肖醫生仔看病，都用『古井水』給病人吃。莊稼人愛講笑，也不一定是那樣啦。

為什麼叫『肖醫生仔』？因為他假裝空空肖肖，跟病人講話有的沒的，讓病人多笑笑，忘記痛。病人發燒肚子痛，他還是講笑話，然後給人家喝『古井水』。那時候人很單純，醫生如果壞心，要做什麼都可以。江湖一點訣，說破不值錢。不過，你們小時候喝了古井水，就都好了。

妳說什麼？妳的同學要來看我？不要啦，我老顆顆了，有什麼好看？

我跟妳講，很好笑啦，有一天在菜市場，一個綁紅色頭巾的小姐過來跟我說：『奧巴桑，我阿母也差不多妳的年歲，但是伊去年生病走了。看到妳，我就想起伊。妳要凍卡久（撐久一點）啊。』

哎唷，講得我心也酸酸，目眶燒燒，險險哭出來。那個小姐我也不認識她，我跟她說，『不要哭，若不棄嫌，有空來我家開講喝茶啦。』

我這世做人，菜市場人緣不歹，交朋友行情也不歹，人家都說，明太太又水人又好。但是，真怨嘆唷，我在我們自己厝內，講話就是沒人聽，孩子都不聽我的啦，很漏氣啦。」

我說，「阿母，外邊的人嘴很甜，都是騙妳的。自己人說話是真心的，一根腸子通到底。」

「你們的腸子是直是彎，我管不了。我生下來你們怎樣就怎樣，我也不能再生一次。說到這，阿母要提醒妳一句話：做人不能那麼直，要學會婉轉，嘴巴要放甜。妳嘴巴甜一點，我也能多活幾年。」

我說，「沒問題，阿母妳說往東行，我不敢往行西。妳要甜的，我不會給妳酸的。」

「騙肖，我哪敢叫妳往東往西？我討好妳都來不及。

哎唷不行，我們講多久了，幾分鐘了？電話費一定不得了。爸爸會說我們長舌婦。講實在的，阿母一直覺得對不住妳。自小，妳在學校扮七仙女，跳山地舞，演講比賽，領獎狀，阿母都不敢去學校，給妳加油，每次都密起來沒去。有人說阿母重男輕女。真正冤枉，我若騙人，給雷公打死！阿母就是怕出門，怕到都市內去。唉，做草地人，跟他們都市人不一樣，這個家門也就是踏不出去，要怎麼辦？阿母對外面的世界，一點辦法都沒有。阿母真正是：在家一條龍，出門一條蟲啦。

講這些沒效啦。只有一件事，阿母一定要好好交待妳：妳不能再大塊下去了，再大塊下去，妳就慘了，沒價值了。奇怪呢，吃素妳還胖。好吃的東西都沒吃到，還一直胖，真正會給人笑死。跟妳講啦，划不來啦，吃素划不來啦。

妳這個年歲，一定要注意打扮。每天要穿得水水，我說真港的，不打扮不行。可惜阿母把妳生下來，不會比人家差，現在實在話講，有差啦。這不能怪妳，有人告訴我，美國會讓人變老變醜，現在妳變這樣，老實講，也不是妳的錯啦。

阿母有在替妳想，妳可以去韓國做美容手術。如果沒有錢，阿母給妳二十萬去韓國，沒問題。阿母希望妳每天水噹噹啦。

喂，妳是有在聽沒？自己要會替自己打算，不要每天空空肖肖，白目浩呆，聽見沒？

好咯好咯，今日講到這。不能再浪費電話錢了。不管什麼時候，妳攏可以打電話回來，阿母每天吃飽睡睡飽吃，閒閒沒代誌。講電話，我最有興趣啦。」

「美容的事情，妳好好想一想。真正要緊的代誌！」

淡水藍花被

回到熟悉的小鎮。這個承載我的年少莽撞，目送我執意離去的大學小鎮。

山風微微，也許剛從觀音山上走下來。

河水柔柔，也許夕陽落山前，會在這裡照照鏡子。

歲月年年來去，風雨季季吹拂，年少時的朋友都已散在天涯。我卻回到小鎮，尋到一個來去歇腳的住處，不找什麼人，也不做什麼事，只在小巷間穿行。

小鎮依舊。人家的鐵皮鏽色依舊，淡水河邊的榕樹依舊。河面上飄過來的人間敲打聲，風吹鐵皮劈呀劈呀的聲音，摩托車輪輪輪，修鋁門紗窗、磨剪刀菜刀的老師傅叫喚的聲音長長的。巷弄鄰里長的宣傳播音依舊：星期幾要停水停電，星期幾清水祖師要遶境。

時間像是在小鎮最深最窄的巷弄停住了，不肯往前再走一步。

小巷的石階，依著山坡，貼著人家天井往上爬，高牆邊長滿了虎紋青苔。幽暗的牆頭上，坐著黑貓孤獨的身影。走到黑貓身後，腳下的石階突然筆直往老榕身上逼去，眼看就沒路了。原來，碉樓戲臺、土地爺米神財神祝生娘娘，都掩在老榕樹後。小鎮上每家人的祕辛，紅塵世事，都讓市聲蕩送到河面上洗個乾淨，之後回到土地公神財爺神祝生娘娘的腳下。

河邊的一日

天空微亮，我跨上社區邊的「微笑單車」，往陳桑菜園踩去。

陳桑的菜園一邊臨河，另一邊是鐵路軌道。河水往北流，火車往南開，紅樹林步道上烏木臨風。夏日清晨，腳踏車「鈴鈴、鈴鈴」，車胎在柏油步道上沾黏又撕開，滋滋如蜜蜂在林間穿行。

陳桑剛從公家機關退休，在自家地上種菜，走過的人都讚他，「陳桑骨力呢，退而不休。」

陳桑笑答，「我老母有講，櫻櫻美代子（閒著沒事幹），種菜運動才不會學壞。」

早起的阿嬤和阿桑們都來幫忙摘菜，挑三揀四嘰嘰呱呱好熱鬧。現採的空心菜，芥藍菜，地瓜菜，菜頭纓，韭菜，小白菜，小黃瓜，還有小蛇茄子。空心菜葉把頭抬得高高的，小白菜有娃娃般青嫩的小臉，小蛇茄子勾著彎彎的小手指，韭菜像一葉葉小刀片。陳桑的朋友也從山上挖來老薑、生筍、地瓜、和山藥，三把五十塊。正港俗又大把。

龍舌草，一丈青，扶桑花開在陳桑的鐵絲網邊。

有人讚，「好水啊。」

陳桑說，「自己長，自己開花，沒人管。」

菜園邊的鐵絲網上，長滿了鏽紋繁複的鐵鏽，有大圓圈圖案的，有正字花樣的，幾乎有些現代風格了。陳桑笑說，「這些鐵絲網，我老母不知從哪裡撿來的。」

今天，我吃陳桑的小白菜和芥藍菜。明天，那排韭菜長齊了，我會買來炒豆乾。

泰娘便當

中午，在社區拐角的「泰娘」去買便當，三菜一肉七十塊。這是T的最愛，每次回淡水，總是吃泰娘的便當做午餐，蒜香雞，打拋肉，三杯雞輪番上陣。

泰娘來自泰國，帶著年幼的兒子再嫁到臺灣。以前，常看見她和先生一前一後騎摩托車去買菜。現在先生得了重病，泰娘鎖著眉頭掛著憂愁，一人承擔買菜做菜看店算錢全部的責任。

泰娘擦著眼淚說，「我先生人最好，沒人像他這麼好。做生意雖然憨慢一點，但總是笑咪咪，沒人像他那麼好啊。」

紗窗師傅

下午，修紗窗的老師傅來了，小卡車停在社區大門口，上面滿滿的紗窗料、鋁框、黑皮橡膠、螺絲美術刀、各項家私頭仔。

老師傅背著手東張西望，含笑點頭跟熟人打招呼。「有生意很好，沒生意也沒關係。我一個人賺夠吃飯錢就好。」以前，老師傅和老婆出雙入對，一起上工。前年他老婆「開刀開死了」，老師傅自此形單影隻。他說，「做人就是這樣。有一口氣在，就要好好度日，怨嘆沒用啦。」

小黑狗

黃昏時候，跨上微笑單車，穿過後山甘蔗林。沿著墓地邊無人的山路，繞道大屯山邊的小村莊，可到河邊呆坐。如果天色還亮著，就隨便選個角落，與山河天光隔水對望，聽人聲市聲。

腳踏車爬上盤旋山路，腳底托高，眼前濃淡層疊，土香地綠。路邊有個紅色鐵皮打造的張太歲廟，和一個雕樑畫棟的土地公廟。

經過這裡，大家都會受到一隻小黑狗的嚴厲警告。頭幾回，還真被「小黑」唬了一跳。這小黑露出白森森的短牙，分明被凶神惡煞附身了，汪汪咬尾一百米。殊不知本人也是女煞星轉世，幾次鬥法，人狗互不退讓，打個平手。常話說：一物降一物。好死不死，居然讓我蒙上了小黑的「緊箍咒」。原來只要沉著嗓子連喊一句：「你叫什麼叫，叫什麼叫」，凶神惡煞的小黑就會立時消風洩氣，垂尾垂頭乖乖退回牆邊，把路讓出來。得了此等武功祕笈，此後經過這裡，我只管放開手煞車，連車帶人騰空禦風。真是好爽好爽好爽！

鄰居指點我：「小鎮上什麼都有，但要自己去找。」我踢著鐵馬四處晃盪，果然尋到不少寶貝：南投信義鄉編號6E18的紫葡萄、黃金茂穀佛利蒙柑、朴子紫皮小番茄。臺中和平區來的的套裝甜柿。埔裡的百香果、「一脆二甜三健康」的「好吃の高麗菜」。還有燉湯最晴天的大白菜頭、豆包、棗包、皮絲，和龍宏筍。這些「好物」都是店家每天摸黑趕早，開小卡車到西螺蔬果集散地，精挑細選回來的。二十四小時內保證上架。

於是，我在自家廚房裡，大肆張羅起來。三杯土雞，臭豆腐，池上米飯，菜頭纓，蒜頭空心菜，豆乾韭菜，還有小街上美珍香的布朗尼和黑森林蛋糕捲。

小雲

雨從天上走來，一股腦兒坐上淡水河面，劈劈啪啪直到整條河混濁成為黃色。好大的雨，河水黃，天光微，把我的心情打得濕轆轆。

市場拐角那片姊妹店一片雨簾嘩啦啦。店家姐妹並沒因為風雨停手，頭紮塑膠袋，腳踩短雨鞋，當街大盆出，小盆進。中午的便當菜很快就熱騰騰地出場了：紅燒蘿蔔油豆腐，腐皮香菇，山東白炒黑木耳，素炒空心菜，池尚白米飯。

拐杖女孩小雲走到雨簾下，喚道：「阿姨。」

店家姐妹說，「小雲，好久沒看見妳。」

「我搬出去自己住了，離這裡遠一點。」

「右邊手腳，現在有感覺了嗎？」

「還沒有耶。」

「自己要獨立起來。」店家說。「妳今天想吃什麼？」

「阿姨幫我包藥膳什錦麵吧，我自己回家煮。」

老姐妹打包熬好的藥膳湯頭，一袋子香菇麩皮，一袋子手工麵，妥妥放在小雲的背袋裡。

「一共多少錢？」

「免啦。」

「怎麼可以？」

「上次那個阿伯不是放了兩千塊給妳嗎？還是要註銷掉才行。」

「那是一年多以前，早用完了。」

姐妹倆左右攙扶著小雲扶下臺階，說：「快回去，以後的事以後再講。」

小雲背著藥膳什錦麵，一拐一拐在雨裡走遠了。

拐杖女孩小雲每天在百貨公司門廊前面擺地攤，坐在一塊塑膠布中間，身邊圍著鑰匙鏈、曬衣夾，口香糖。見人走過，小雲眼裡總是笑笑的。

有時，我跟小雲買一包手巾紙，一個鑰匙鏈，一塊口香糖，或者只是說幾句閒話。一次，小雲塞給我兩個超大髮夾，說，「今天風好大，這個給妳夾被子。不要錢。」

「走投無路」是什麼滋味呢？在外面闖蕩的人，應該略知一二吧。

娘家的先人因為走投無路，選擇跨過「黑水溝」，到小島棲身。天地之大，但求一方容身之地。半個世紀後，父親也在走投無路時，來到這個島上，為娘家人收留。

求天無告，插翅難飛的悲涼，把落難人歸零，意氣和牽掛都省去，向彼此伸出的援手。

藍花被

好多年沒曬被子了。

大學時候，住在山上的女生宿舍小儀、阿華、娃娃、和我。三不五時大太陽出來，我們會把被子抱到大樓後面的水泥地去曬。拖幾把椅子出來，攤開被子，兩頭用大髮夾鉗住，然後倒過竹掃柬拍拍西拍拍，亂打一氣。大太陽鑽到棉花層裡，曬個痛快。

噗噗的聲響在梯田對面的小山頭上蕩開，只是慢了半拍：「噗——噗——噗——」。

娃娃的被子是櫻花色的，小儀的被子是綠緞面，我的被子是阿母親手縫的，一片天空藍浮著粉紅小花。山風呼呼吹個不停。宿舍後邊的水稻梯田，一層層映著天光。

藍花被，好好壞壞，縫縫補補，已經多少年。脫線了，阿母又「車」上一道，說，「猶然好好呢。」

那床被是一九七〇年代做的。

時隔四十年，依舊妥妥躺在淡水河畔，我的櫥櫃裡。

二〇一六

度小月

清晨日出朦朧，大屯山色微亮。

剛下飛機，回到淡水，在陽臺上貪看山水。眼前青綠寶藍一環綠地，濕濕潤潤的青菜，歪歪倒倒的小雞寮，颱風吹倒的香蕉樹，還有那一大清早在田間就偷偷悶燒莊稼的農戶。

臺灣，我在地球上的故鄉。

它有個性，有尊嚴，很任性，但家常，寬容，隨和。

它的「有個性」，在於不接受任何「強加」的東西。再好也不行。它為了「尊嚴」和「任性」，可以刨筋去骨，孤注一擲。

它的「家常」，足以把所有的法令條規、條條框框都改頭換面，成為「家庭版」。如果你搭長榮班機，一上飛機，那「家常」的市場叫賣就迎面而來，團團包圍你，像是走進了最熟悉的村鎮。空服員像是剛學會打扮的鄰家女孩，美麗溫柔，負責仔細。也許是剛放下家事就上飛機執勤了，年輕的她們急急地、瑣碎地、操持著手上的盤點。那持續、頻繁、高細的嗓音，是夜市叫賣的閨秀版：「借過一下借過一下。」「小心你的手腳小心你的手腳。」「咖啡coffee咖啡coffee。」剛學會梳理包包頭的她，下了飛機就會馬上恢復鄰家女孩的模樣，踩拖鞋到樓下買早餐。

海關緝毒的小狼狗也像一隻「家狗」，跟在它的警員小姐姐身旁小步跑。紮小馬尾的年輕女警讓它：「站高一點，站高點才聞得到。」女客把手上的包包手提袋湊到狗鼻子前面，說，「來聞阿姨的包包，小男生好帥氣喔。」機場前的保全警衛也像照顧小學生過街，「這裡來這裡來，手推車交給我，包包自己拿。來來來，大家趕快排好隊，坐車回家睡覺覺。」「國際化」到了臺灣，承受「在地化」洗禮，瞬間成為「家庭兒童版」。

臺灣是「寬容」的。它容許孩子犯錯、失敗、迷失，但非常在意他的忠誠和真性情。它不要求孩子成熟、能幹、世故；但在乎他是否單純、友愛。它接受孩子的離去，但要他記得這裡是家，有空回家看看。它收容過許多流離困頓的人，寄望他們真心相待，親如家人。此外，它所求不多。

王侯紛爭，軍旅雜遝，人來人去，臺灣看盡硝煙烽火。它知道「日子顧好尚要緊」。凡事「阿沙里」，「歡喜就好」。其他的「攏是騙肖仔！」

城市、農村、民間、官方，放眼一片「度小月」的「過度」和「暫時」。暫時相忍，暫時安頓，暫時搭建，暫時吞忍，暫時的鐵皮屋，黴雨斑，起伏不平的地面，七掛八搭的搭建。房子老舊了，住吧。市容建築不光鮮，別計較。連坐落在高檔金融大廈裡的銀行、辦公室，跨國企業也掩不住「暫時」的視野，城市光鮮的背後，家常和隨興不時探出頭來。

唯有家事如麻，誰也不服誰。這是風來雨去「度小月」的美學：堅持和計較，熱情和隨性，將就卻任性，阿莎力卻又斤斤計較。

因為如此，鐵皮屋林立大街小巷，是另一種打不死的蟑螂。夾腳拖塑膠袋走遍天下，是大家的最愛。歡喜就好。

但就在老舊斑駁的屋簷下裡，你能找到各式各樣的觸動：安靜的人，好品位的創意，巧思的手工藝術，執著堅持的手做人、寫作人、公益人，和最受臺灣人寵愛的貓咪。

來到這裡三、兩天，不管是初來乍到的遊子，還是少小離家久違還鄉的人，就會讓這些穩妥地、柔軟地、不由分說地、神鬼不查地、不要也不行地，團團包裹起來。像是自小用慣的那床舊棉被，依稀聞見兒時的肥皂味。

隨便走到哪裡，都有千絲萬縷的舊相識來相見：「某某人說他認識你喔」，「你還記得某某人吧」，「那個某某是我某某同學的哥哥的太太」。

奉勸你一句：千萬別看電視。免得活活被氣死！

全島的家長裡短，閒言碎語，都集中在這裡。新聞的結論要不是「把民眾嚇了一跳」，就是「叫民眾情何以堪」；要不是「國民黨已經倒臺結束了」，就是「這樣玩下去，民進黨完蛋卡緊」；或者老阿伯水溝前不小心摔一跤，中年婦人安胎失敗狀告醫院。區區一臺電視機，不消半小時，就能徹底銷毀你（我）平日的理想堅持、豪情壯志，調動你（我）全部的負品質。

南臺灣太陽曝曬的粗礪，每晚與你耳鬢廝磨，叫你想凌空逃離。但三兩天之後，閣下尊駕你和我，就與那如麻的家事，燥熱的溼熱，魚丸貢丸魷魚焿牛肉麵的氣息，柴米油鹽胡椒辣醬XO干貝醬的滋味，無縫接軌。與身邊的一切同悲同喜，同聲出氣，融合成為「一家人」。

就只三兩天，閣下尊駕你和我，就會在各種的「嚇一跳」和「情何以堪」之間如魚得水，邊笑邊罵，邊想揍人，邊找小吃攤，還邊告訴剛到下飛機的人：「臺灣什麼好東西都有，就看你找不找得到。」

初入家門，家事如麻。

在臺灣長大的你，是否也和我一樣？

常有淚水，不由分說爬上眼眶？

二〇一五、六、四

尋找阿拉丁

魔毯上飛來一個故事，把娘家人嚇了一大跳。

故事是這麼說的：臺西的丁姓家族祖先，來自中東世界的阿拉伯或波斯世界。也就是說，臺西丁氏的外婆家族與福建泉州晉江陳埭的「回族丁氏」同宗，是中東回族的後人。

他們在西元十三世紀，元朝年間，或甚至更早的北宋，取道絲路，到中國做生意。曾在蘇州落腳，之後輾轉到泉州定居，幾世紀後，又從泉州渡海到臺灣。定居在海域灘塗之地的臺西。

一

娘家人你看我，我看你，很拿不定主意。

大家在飯桌上瞎子摸象：

「咱家始大人也沒交代，怎麼能隨便去認阿拉伯人做祖先？」

「專家研究出來的，怎會黑白講？」

「有人回去認祖先，拜祖墳，說泉州那邊的人跟我們講一樣的話。還有一個丁氏祠堂，很體面。」

阿母為難地說，「吃到這麼老，才要做阿拉伯人。很見笑啦。」

「古早時代的代誌，現在是要怎樣？」

「祖先既然是回民，咱不能再吃豬肉了吧。」

「不吃豬肉，要吃什麼？」

「認祖歸宗，拜祖先，一個心意而已，大家隨便啦。」

「對，做人，到頭來就是一個心意。」

二

小時常隨母親回外婆家拜廟。

臺西附近海域，四處有神仙菩薩土地公大小寺廟，三步一廟，五步一宮。我們四處巡訪，見廟即拜：媽祖，張王爺，包大人，土地公，土地婆，還有那些知名不知名的，一概虔誠敬奉。

臺西是化外之地，灘塗小村，海風狂野，土質貧瘠，寸土不生。當地人靠養殖牡蠣和捕魚為生。因為地勢很低，夏天颱風季節來時，海水倒灌也是常見的事。選舉期間，各路人馬，政客名流更常在頻頻出現，拜票上香，頂禮諸佛。電線桿上除了張貼著各路地方代表，縣市議員參選人的旗幟標語外，也有馬祖土地公塑像端坐紅綠燈標誌和電線桿頂，為地方把關。

這裡的人卻有著豐富生動的語言，和饒有風韻的海口音。人們和惡劣的環境打著交道，不時有些嚴峻難堪的場面出現。但不管多麼混賬苦澀，總會有一個老人站出來，雲淡風輕幾句話，或隨口念唱幾句「歌詩」，化解難堪。比如，我那又酷又辛辣的外婆。

之後，憤懣的英雄，哀怨的衷腸，都會消散，眾人收拾起情緒激憤，各自回家。

三

久居地球另一頭的我，被神壇飛來的故事深深吸引。

灶臺上燉煮著什麼的時候，我守著火候，攤開厚重的全冊世界地圖尋找那個魔毯上的故事。我對外婆的思念，也被帶進地圖裡：海口的歲月，廟會的日子，檳榔和蛤蠣的氣味，和這個中東的故事混合成為新的記憶。

秋日的斜陽照進橡樹林，停留在絲路一帶的地圖上。全版報紙寬，精裝四百頁的世界地圖，橫跨餐桌面。失落的家族故事，大食商旅萬裡跋涉，沙漠中駝鈴叮噹白巾纏頭，木馬洛克兵奴的身影，隔著萬裡時空，進入我日常生活。

多事的中東地區，曾是波斯帝國的所在地，現在長年征戰，永遠佔據著新聞的版面。羅馬帝國時代，猶太人從這裡被逐出。阿拉伯半島朝東南方向，伸入阿拉伯海和印度洋，西邊有巴勒斯坦和以色列，北邊是「中東」世界，東邊有亞洲的巴基斯坦、印度，西邊隔蘇伊士運河、紅海、曼德海峽，是北非的埃及。從新疆邊境往西走，是阿富汗。一路往西是古伊朗，伊拉克，敘利亞，尼巴嫩。往南，幾乎全是熱帶沙漠，寸草不生的乾旱，是沙烏地阿拉伯、也門、阿曼、阿拉伯聯合酋長國、卡塔爾和科威特、約旦等國的屬地。這裡沒有河流經過，人們嚮往著「沙漠綠洲」（oasis）。直到二十世紀，波斯灣一帶發現大量石油儲藏，阿拉伯世界搖身一變，成為人們心目中的「遊艇阿拉伯王子」。

四

二〇〇八年的夏天，我回到臺西。

路過北港，先看媽祖生辰出巡，再去看表舅，吃北港油飯，買黑麻油，然後一路寺廟道觀，灘塗濕地，車入臺西。

海北村的馬路口，原來那個「越南新娘仲介」的大招牌已經不見了，換上了光鮮的「阿拉丁冰果室」店招。

問店家，「為什麼叫阿拉丁？」

年輕的店東說：「我們這裡的人，每個都是阿拉丁啦。」邊說，邊拉開抽屜，拿出一份文字給我看。

是一篇標題：「閩泉陳江丁姓裔傳」的文章。文中記述一個姓丁的好漢，「唐山過臺灣」的故事。大意是：現在臺西的「回丁」來自漳州泉州兩地，是乾隆年間遷移到臺灣的。當時人把臺灣視為「閩南冒險家的樂園」。

原文是文言文，引用一段：「漳泉內地無籍之民，無可耕之地，無可傭之工，無可覓之食，一到臺地（臺灣），上可致富，下可溫飽。一切農工商賈以致百技之末，計工授值，比之內地，率皆倍蓰。」……（臺灣）土地肥沃，不糞重，糞則穗重而僕，種植後聽其自生，惟享坐獲，每每數倍內地。」

捧著這份材料，我到舅舅的一個「換帖」兄弟家去，請「換帖舅舅」引我去見水南村村長。村長不在家，但村長太太立刻找來一個熱心人，帶我去見村裡德高望重的林老師。

老師正在練書法，滿屋的宣紙墨香，滿牆的墨痕書畫。聽說我對阿拉丁的歷史有興趣，立刻拿起電話換來街坊鄰居，不消一刻鐘，老師家的客廳就坐滿了人。

我們在乾牡蠣殼堆邊，伴著茶香、墨香、牡蠣和海風的氣道，分享著星星點點的記憶。大家歎道：以前村裡的長輩，從來沒有交代過。

我的外婆曾是這裡無事不曉，無人不知的智慧老人。但外婆也從來沒提過「祖上」的事。

小時問外婆：「咱家祖先是哪裡人？」

外婆總打啞謎似的：「咱們祖先人哦？是神。是媽祖婆在大海上生出來的一個神。」

有一次，她說：「楊麗花的祖先是哪裡人，咱們的祖先就是哪裡人。」

還有一次，她透露，「我們跟布袋戲大師黃俊雄是同宗啦。」

楊麗花姓楊，黃俊雄姓黃，外婆家姓丁。這些都不打緊，外婆似乎打定主意，追隨偶像明星，認祖歸宗。

海口娘家的家族歷史，究竟藏著怎麼樣的祕密呢？一藏就是幾百年。

五

二〇〇九年的冬天，我第一次到泉州。

在廈門投店一夜，隔天在城市另一頭的松柏公車站，轉搭長途汽車奔泉州。車程一小時四十分鐘車程，票價三十塊人民幣。

車上乘客大包小包，扛的挑的，都要從廈門到周邊的地方去。雙層大巴司機的長相是我熟悉的，「臺西」面孔，濃濃的「海口音」。他看了我們一眼，說「把行李拎到下層座位。」我們言聽計從，在空蕩無人的下層坐定，他才咧嘴而笑，解釋道：「下層平常不讓人坐，現在有豬流感，你不知道？看你們是外客，才叫你們坐下面。是照顧你們，懂不？」我們連聲道謝。一路有說有笑，高速奔馳。

不一會兒，車子有了狀況，在路邊停下。勘查結果是：「空調壞了，要掉頭換車。」全車乘客齊聲抱怨，大巴還是一逕掉頭往回走。半小時後，我們回到了原點：松柏公車站。等了半小時，替換的車沒來，另一家客運公司的大巴卻到了。大家紛紛重新買票，啟程往泉州。一路順利，崗岩紅土，山洞灘塗，進了泉州。

六

泉州古名「刺桐」。很久以前，泉州人為了防敵入侵，在古城遍植樹身帶刺的梧桐。巴掌大紅艷艷的刺桐花，每年早春時分會開遍全城。

果然，在泉州客運站，就看見成排的刺桐樹。因是冬天，莿桐沒有開花，樹身上長滿了姆指大小的「刺」。

耳邊湧來的是一片哇啦哇啦，和臺西一模一樣的「海口音」。小吃店裡的電視正播放阿拉伯肚皮舞，一串噢伊哦伊的中東音樂，和嘩啦嘩啦響的肚皮鈴鐺把街角、店鋪、人行道、候車站塞得滿滿的。

這是我熟悉的另一個「臺西」：隨性，熱鬧，恣意。

幾個青春蕩漾的年輕出租車司機在等客人，嘻笑打鬧著，一刻不得安靜。他們個個五官深邃，長睫毛下藏著發光的眼睛。

「冷到靠爸，零度以下了！」

「冷就讓它冷，你爸怕它？」

向前詢問路線和價錢，年輕司機叼著菸，一句，「隨便啦。我還不用養老婆小孩。」接著他自報家門，炫耀他月入三千，「有時還到五千。」

旁邊的同伴立刻揭穿他：「吹氣球，做眠夢啦！兩千就偷笑。」

年輕司機不以為意，朝路過的年輕女孩說了一句什麼撩撥的話，女孩立時噗哧一笑，眼角滿是笑意，想想突然把手裡的鑰匙舉起來，作勢要戳。引來夥伴們一陣恣意嬉笑。

七

學界朋友引薦的泉州海洋交通博物館的王館長，早早就在刺桐旅館等候我們。

閩南多豪傑。王館長果然蠶眉星目，氣宇軒昂。初次見面，客套全免，也不問我們餓不餓，擅自為我們點了招牌菜，陽春素麵和三杯雞飯。

我們開吃，他就開講了：

你們回族丁氏的「故事」要從一個一身無分文，手無寸鐵的阿拉伯男人說起。

這個阿拉伯男子，原名不詳，於十三世紀中南宋鹹淳年間，走絲路進入中國做生意。現到江南蘇州，後來到泉州。在泉州，生意成功發跡，娶漢族女子為妻，繁衍後代，以致有了後來的『陳埭萬人丁』。

這個故事的細節和年代，已經不可考。但照丁氏族譜記載：這位中東男子有一位赫赫有名的叔叔，叫「賽典赤．瞻思丁」。賽典赤．瞻思丁的檔案，正史上可以查到。他曾在元朝忽必烈時代，以「色目人」身分輔佐行省丞相，出任過陝西、豐靖、雲內三路達魯華赤（即掌印者）、平陽、太原二路達魯華赤、和雲南平章政事等職。他死後，被忽必烈追封為「咸陽王」。而賽典赤・瞻思丁是伊斯蘭教教主穆罕穆德的三十一代後人，他的六世孫也就是後來明朝赫赫有名的航海家鄭和。

元朝成立，宋朝滅亡，蒙古人入主中原。政治權利在蒙古人手上。蒙古人把社會階層分為五種：蒙古、色目、漢人、南人等。「外國人」屬於統稱「色目」階層。「目」是「類別」的意思，「色目」就等於「有色人種」。地位在蒙古人之下，漢人之上。

元朝君主好征戰，兵力消耗很大，社會上很混亂，漢人與蒙古、色目人之間，衝突不斷。元朝末年，泉州有一個叫「亦思巴奚之變」的事件，漢人起兵，見外國長相者，當下斬殺。這位阿拉伯人為了保住家族性命，聽從漢人妻子的建議，遷出泉州城，全家改姓「丁」。這位阿拉伯男子也取了中文名字，叫丁謹，號節齋。

丁氏家族隱姓埋名，避難於灘塗海域之地，也就是現在晉江市陳埭鎮。自此人丁興旺，子孫繁衍，號稱「陳埭萬人丁」。人稱「回丁」（以別於山東地區的「漢丁」）。

民間故事放大了這個故事的生物傳奇性，說這是一個手無寸鐵的阿拉伯男人，靠區區一個生理器官成就的豐功偉業。

八

八〇年代以來，天生帶有生意基因，能闖敢幹的陳埭丁氏，開展出運動鞋企業。開始時只是湊份子，集到五千人民幣，派族中一人到香港，物色回一雙義大利鞋，拆開描摹打模，一模一樣做出一批。賣完後重回香港買回第二、第三雙義大利皮鞋，照樣拆解打模，再造再賣。如此幾番來回，原來的赤貧鄉鎮，不出幾年躍升為泉州地區的「萬元戶」。附近省份的農民工，都到這裡來打工。此時，四處仍可聽見廣東，廣西，四川，江西，湖南各地方不同的口音。

王館長說，「泉州人有句話：廈門的錢都在政府手裡，泉州的錢，卻都在老百姓手裡。其中又以丁氏家族為最大財團。」

陳埭丁氏的鞋業製造成功之後，集體買下祖墳所在的整個山頭，做為家族墓園。因為丁氏的祖墳，包括丁謹等一世、二世，三世祖，都在泉州市內，正當現在泉州市區的黃金地帶。

我們在丁家的墓園裡，看見預留墓地的墓碑上，寫著：「三分天註定，七分靠打拼，愛拚才會贏」的字樣。

不知是否也有認祖歸宗的娘家人參與呢？

九

晚飯，王館長續講「回丁」故事。

此時，故事回溯到六史記阿拉伯的大食帝國。

大唐帝國（六一八—九〇七）時代，國力昌盛，經濟繁榮，極思向外拓展，此時的阿拉伯世界在穆罕穆德開創伊斯蘭教之後，勢力也在迅速擴張。成為繼波斯帝國，亞歷山大帝國，羅馬帝國，和拜占庭帝國之後，另一個橫跨亞、非、歐三洲，極具野心的「薩拉森帝國」。也就是中國歷史上所說的「大食國」（波斯語Tazi或Taziks的譯音）。

大唐國度有高度發展的文化、絲綢、和瓷器。伊斯蘭世界有宗教寶典《可蘭經》，也有大唐沒有的香料。從宗教的角度來說，「大唐」是個伊斯蘭世界希望「征服」的地方，從商業的角度來說，「大唐」更是巨大的市場。這些因素促成了西元四、五世紀開始，路上絲綢之路商旅來來往往，絡繹不絕的狀況。

西元七世紀中葉，大唐發生安史之亂，陸上絲綢之路受到兵馬之阻，不利商賈往來，海上絲路因應興起。自此，商旅開始繞道海上，成就了閩南地方的發展。

海上絲路的四大港口為泉州，廈門，明州（寧波），漳州。泉州位在海上絲路起點，萬商雲集各種生活方式，宗教信仰印度教，回教，佛教，基督，摩尼教，景教都在這裡交融匯合。《馬可波羅遊記》中提到當時的泉州，說只有埃及的亞歷山大港能與之相提並論，讚譽很高。故有「市井十洲人」之稱。

現在泉州市內，還可有看見清真寺聖墓，摩尼光佛，以及伊斯蘭教，印度教，基督教石刻等，大量的文物史蹟。

可惜明清之後，泉州繁華的景象因朝廷政策而中斷，穆斯林後裔在中國的故事也多半湮散退避在鄉野民間。數百年間，泉州文物大量破壞，直到七〇年代中，才在一次泉州老城拆除的工程中，從老城牆裡挖出數量可觀的阿拉伯文墓碑。人們這才知道，原來宋元時期道泉州的阿拉伯穆斯林回民並沒有全數離開，相當多回民後裔漢化後，隱行埋名，藏身市井。

十

隔年夏天，再入泉州。

這次進到丁氏族人聚集的小鎮——陳埭，明朝年間「回丁」避禍求存的灘塗漁村。在陳埭「回族事務委員會」，我遇到一位口才便給，文思奇絕的老人，告訴我們陳埭「古早的故事」。

老人操著「海口音」，手裡捏著孫女送給他的粉色Hello Kitty手機，說：「我現在的名字，是丁桐志。桐花那個『桐』。自本（原來），我的名字不是這個。我自本的名，是孫中山講的『世界大同』那個『同』，志氣遠大的『志』。四九年以後，我變成了『丁同志同志』。我申請改名，成了現在的：丁桐志。」

老人拿出一本精美的線裝書給我看，標題是《泉州回族譜牒資料選編》，約有數萬字，記錄丁謹和陳埭萬人丁的簡史。這是老人在一九七九年，文革結束後，利用工餘時間以鋼筆刻寫的。我輕手輕腳地翻動書頁，由衷讚嘆這偏鄉海域，隱藏著的細緻心靈和筆跡。

老人感性地說，「妳千里而來，是因為血脈之親，我們上輩子是一家人啊。要不，怎會千里迢迢找到這裡。以後，妳要常常回來看看祖先的所在，這樣才會有感情。我們丁家的歷史，不能隨便讓它斷掉。要長長久久，讓孩子們知道。」

老人領我們去吃午飯，一路走在塵土飛揚的市區裡，所見的手推車，腳踏車，屋宇臺階，市招都蓋滿了灰塵。但不久之後，眼前赫然一棟金碧輝煌的五星級大飯店。

老人神祕兮兮地說，「八〇年代以來，我們丁氏家族發展起來，賺了不少錢，現在算是富有了，但我們丁家的人喜歡把財富『藏』起來。」

旋轉玻璃門轉動，後面果然藏著一個全然不同的世界：安靜、整潔、井然、清涼。我們在不可置信中，忍俊不住詫笑起來。

金碧輝煌的旅店大堂，鬍鬚滿腮，臉孔方正，彬彬有禮的中東商賈進出走動。

老人又低聲告訴我，「妳看見的外國客人都是從『老祖那邊的國家』來的，來買我們的鞋。他們都不吃豬肉，是回民。」

「飯店也不賣豬肉吧？」

老人又附耳過來，「傻孩子，看人辦事，頭腦要靈活。客人吃不吃豬肉，一眼不就看出來了。」他跟我眨眼睛。

「語言有障礙嗎？講英文，還是阿拉伯文？」

「講什麼文都不要緊，我們的孩子直接送到阿拉伯去唸大學，畢業回來，阿拉伯文就有了。很簡單的事啊。人才，我們這裡很多，沒問題。」

十一

老人讓一個年輕人帶我們去穆斯林禮拜堂見阿訇。

這年輕人剛從阿拉伯大學畢業回鄉，幫家裡管理鞋廠。他跟中學時代的女友結婚，剛做了父親。每星期兩天，在當地的民族中學義務教阿拉伯文。

「去阿拉伯時，我不是回教徒。家人有信佛教的，有信基督教的，都不是回教徒。但我家做生意，需要有人懂阿拉伯文，我就去了。在那裡好幾年，覺得穆斯林教徒很講道理，有信義，文化很優秀有深度，就跟著他們不吃豬肉了。現在回到故鄉，每星期回到禮拜堂幫阿訇處理經典教義上的事情。剛回來的時候，確實有些孤單的感覺，吃東西也覺得不方便。但中東來的生意人常到禮拜堂來，我跟他們一起禮拜，感覺很好。阿訇也對我很好，喜歡我做他的幫手。我的家人也接受我的選擇。」

阿訇是主持穆斯林禮拜堂的人，站出來迎客。黝黑老實圓圓的臉龐，眉開眼笑，頷首而立，安靜祥和。阿訇的妻子頭上裹著粉紅紗巾，團團臉笑咪咪的，當下覺得非常眼熟。過了一會兒，才體會過來，她和阿母年輕時的模樣非常像。他們的孩子還不到學齡，看見客人來，笑咪咪地拉著我們的手不放，露出掉了牙的牙床。他跟父母一樣，話很少，安靜祥和。

阿訇原是西安人，當初由回教協會派他到泉州來，支援這個新蓋成的伊斯蘭禮拜堂。他和這位年輕人之間，有一種特別的安靜和默契。簡單樸素的禮拜堂門口，草席掛簾邊，有一個小書架，架上有張簡單的簽到名單。另外擺著英文的，阿拉伯文，中文各種伊斯蘭教規的小冊子。很清靜簡單，卻尊嚴有靈氣的禮拜堂。

美國紐約的九一一事件之後，穆斯林世界幾乎快要被人們跟恐怖主義畫上了等號，看見這兩個安靜的年輕穆斯林，目光裡滿滿的謙卑和恭敬，讓人不由生出許多感動。

正午時分，他們的午餐桌上有四盤素菜：番茄炒蛋，空心菜，煎豆腐，還有青豆，但都已經涼了。原來阿訇的前一波客人剛離開，一家人還來不及吃午飯，我們這批不速之客就闖了進來。

十二

大漠煙寒，滔滔浪海。阿拉丁的故事在歲月的長河裡，漂流了六七百年，此刻浮現在我的眼前。

我不是回教徒，但總記得阿訇的禮拜堂門板上，寫著燙金的大字：「你們飲食，不要浪費」。「回族委員會」樓梯過道上，也有燙金紅色的阿拉伯文：「奉慈特慈的真主之名」。回族委員會的會議室裡，那張盤根錯節，刻有「尋根問祖」四個字的木雕茶桌。還有丁桐志老人，阿訇，王館長，可愛的年輕人，和阿訇的孩子。

尋找阿拉丁，尋到了滿佈風霜的臉龐，黝黑的灘塗海域。

離開時，腳下的大地似乎更堅實了。

二〇一六、三、二

輯一

家在洛城北

家在洛城北

天使城最北，有一道高聳的山脊，綿延六十裡，海拔一萬尺。這是大洛杉磯北邊的天然屏障，叫威爾遜山。

威爾遜山北，有沙漠高原。山南地勢緩緩下滑，成為山谷平原，一路下到太平洋岸邊。

天使城屬沙漠氣候，赤地乾燥，日暖夜涼。儘管有美麗的海岸和金色的陽光，水源卻要靠北加州支援。

威爾遜山脊上老橡虬勁，蒼野遒勁，紫岩荊棘，唯有大石嶙峋間隱著山泉，雨水充沛的季節，積成水潭。山南高原上，散坐著一個個小鎮。這些小鎮，號稱「位在野地和文明之間」，往北無路直入野山，是登山者的天堂。往南直下煙火翻滾，是城市麗人來去的人間。

山南散落的一個小鎮上，有我在北美的「家」。

一

美國大蕭條時期的三十年代之前，這個小鎮上來過一些特立獨行，奇思異想的人，有社會主義思想的進步份子，支持工會的企業家，和左派菁英政客們，在此間出沒。

我家屋後不遠處有個大房子，是此地水庫大亨的老宅。據說當年，定期舉辦的週末沙龍，邀請有識之士在花園裡喝雞尾酒，議論時政話題。史料記載，當時出入此間的名流包括：美國作家辛克萊爾Upton Sinclair，物理學家愛因斯坦Albert Einstein，演員卓別林，Charlie Chaplin，心理學家卡拉揚的女弟子威爾雪 Mary Wilshire，還有石油繼承人巴恩斯達 Aline Barnsdall，左翼印刷商人斯歸浦 Bobby Scripps，刮鬍刀大王吉列特 King Gillette 等。此外，諾貝爾物理獎得主費曼 Richard Feyman，著名的加州理工學院，和太空噴射實驗室的科學家們也喜歡以此地為家。

也許因為這樣的左翼思想背景，小鎮直到現在還拒絕城市收編，堅持行政獨立，大有自治區的調調。鎮上黑白紅黃各色人種混居。東邊的咖啡館開放給本地的音樂人自由吟唱，西邊的咖啡館以精緻的婚宴糕點聞名，來客嗜談政治議題。西邊偏黑，東邊偏白，一東一西，各有情調。

二

由洛杉磯國際機場（LAX）出來，往東北方向走，穿過洛杉磯市中心，地勢緩緩托高。

穿過市中心，車行到海拔三百英尺處，有一個華人出沒的地方，叫「小臺北」，包括蒙特利公園和聖蓋博等地。自八〇年代開始，這裡就是各路華人落腳吃飯，買菜思鄉的地方，四處可以聞到中國廚房的味道。鄰近的豪宅區聖馬利諾市（San Marino）更是兩岸三地的「成功人士」移民來美的第一站。

車到海拔七百五十英尺處，有一個老城，叫「帕薩迪納」Pasadena。這裡有舉世聞名的玫瑰花車遊行，也有我教書的地方。二十世紀三、四十年代中，這個美麗的城市名流薈萃，人文鼎盛，號稱南加州「最有文化」的地方。有報館，旅館，還有把法國美食引進美國的名廚茱莉亞Julia Child。茱莉亞以一本食譜《Mastering the Art of French Cooking》橫掃美國餐飲界，至今仍是廚藝界的經典。

七〇年代中，這個老城一度為幫派和毒品販盤踞，市府花了很大的力氣修復老建築，引來商家入住。此刻人群串流，店家爆棚，是亞裔年輕人下班後逛街吃飯的首選之地。

往北走，車到海拔一千英尺，就是我安家的小鎮了。

因為地勢高，沒有霧靄時，可以眺見遠處天使城的萬家燈火，紅塵迷離。

三

洛杉磯天使城原是印地安人和墨西哥人的天下。十八世紀中，白人到這裡來開地，引來山谷清涼的泉水，灌溉成葡萄美地。一八六〇年橫跨北美洲東西兩岸的鐵路開建，野心家，政治家，富商，和土地開發商隨之而來。衝著金色的陽光，湛藍的海岸，葡萄園，罌粟花，橘子園的優勢，土地掮客開始斡旋買賣，吸引來美國東部大亨名流，攜著黑奴家僕，來到這裡，蓋起莊園，作為冬季避寒的別墅。

十九世紀末，這裡商賈築夢，麗人雲集。金礦大亨蓋起商業大樓，豪華旅店，登山火車，圖書藝術劇院等。繁華榮景數十年之後，有了一九三〇年代的美國經濟大蕭條，輝煌的老建築廢棄不用，精雕細琢的維多利亞老屋子，電車，隧道，百貨店，商賈麗人，好萊塢名人，現在只能在照片裡看見了。一九五〇年代，二戰消停，天使城復甦，汽車工業興起，中小家庭一戶一車，馳騁於加州大平原之上。緊跟著是二十世紀後半世紀的移民熱潮，人口大幅增長，高速公路快速延伸。天使城的幅員也越推越遠，成就了此刻的「大洛杉磯地區」。

但大洛杉磯幅員伸展，也使得原來繁華的市中心失去優勢。富人遷到郊區海域居住，餐廳電影院百貨公司逐漸分散，往日金碧輝煌的大樓成為金融商業辦公大樓，而曾經繁華的市區，成了夜間毒販、槍枝、和流浪漢的盤據地。

四

八〇年代初，我初到美利堅，就落腳在此。

幾番大雨吹吹拂，風裡來去，在此安家。

兩英里外，是臺灣人聚居的「小臺北」。當年華人還沒那麼多，有兩家中國超市，一叫「頂好」，一叫「文華」。中餐館也少，逢年過節同學們聚餐，都要驅車往洛杉磯市區的「中國城」去打牙祭。

「中國城」是「老華僑」聚居的地方，商家主要以廣東話交談。有一家「勝利書局」，我在那裡初次買到簡體版的傷痕文學，學會了簡體字。這個書店現在已經改成文具店了。

八〇年代的美國校園裡，開始出現大陸學生身影。腳踏功夫鞋，牽著腳踏車，笑嘻嘻的一頭亂髮的大陸同學，幾乎是從三十年代電影裡走出來的。我們穿著喇叭褲，連身裙，每週末混在一起包餃子，彼此都很好奇。

八九年後，校園裡的大陸文人和知識份子突然多了起來。文化圈中的過客頻頻出現。我和北京同學王超華、孟悅不時到《棋王》作者阿城和劇作家顧曉陽的住處，包餃子聊天，頗有些患難與共之情。不久，北島、吳天明、高爾泰、劉再復、汪暉也成了我們這群留學生活動中的常客。也因此結識過詩人顧城、謝燁夫婦。

五

時移事往，星辰流轉，人間幾度歲月流光。

二〇〇〇年後，大陸知識份子紛紛回巢。再次聚首天使城時，我與T已經成為這群大陸朋友的「學界招待」，在小鎮家中接待過文界和知識界的諸多朋友，王安憶、余華、北島、朱天文、劉克襄、謝衍，李歐梵、汪暉、Perry Anderson、James Lee、孟悅、王超華，陳建華、紀大為，史書美等等。阿城，北島，甘琦，顧曉陽多年後重逢，也在我家一起做飯喝酒，招待《今天》雜誌的朋友們。

之後，中國熱錢滾滾席捲西方世界，一時風起雲湧，大洛杉磯房地產供不應求，山邊小鎮上的亞洲面孔自此慢慢多了起來。

不久前，小鎮上的一位美國房地產商遞給我

一張名片，上面有中英文雙語：「專精華人來美地產投資。如有中國朋友想到美國，買房子請找我們。」三條免費電話直通中國、香港、臺灣。

久居天使城，幸逢各路英雄和天使。

遂記下，天使來去的身影。

二〇一五、十、十

桃樹與彎刀

三月，春天穿著木屐鞋，卡拉卡拉走過，敲醒了每一朵花，每一棵樹。

後院的幾株桃花漫漫開起，紅白兩色靠在濕漉的石牆邊。不多久後，七里香會在暗夜揮灑異香，廣玉蘭和風鈴木也會站上枝頭。

這樣的桃花時節，我自己設計的「花園書房」也完工了。

那是車庫和儲藏室合併改建的。整整花了半年的時間。

完工離開前，承包工程的小夥子把他的三尺彎刀留給了我，說，「砍籐斬草很方便。」

平日，我提著彎刀，在前後院走動。佩在腰上，與膝蓋齊高，斬風砍草，簌簌有聲。看書時，它就躺在桌前燈下，為我的書頁增添劍氣。

一

彎刀小伙來自薩爾瓦多，前臺灣邦交國。鄰居推薦他，說是，「水電土木工程都能做，不會半途落跑。」

幾天後，彎刀小伙出現在家門口。腰上配著他的彎刀，站在陽光裡，笑容拉到耳垂上。

首先，必須清理貯藏室裡封塵的陳年舊物：三十幾箱筆記，書籍，卡片等等感性和理性紀念物，T小時的游泳獎狀，老情人書信。其次是裝箱的聖誕樹裝飾、熱水器、工具箱，露營用品，自己積攢了幾十年的教科書，和酸溜溜的日記本……還有年輕人畢業後，寄存在這裡的棉被雜物。

彎刀小伙看出我舉棋不定，催促道，「必須開工了。」嫌我動作慢，一天趁我出門工作，下狠手全給出清了。

我嘴上說，「怎麼沒問我一聲？」心裡卻是感激的。正是此去紅塵無多路，螳螂蛻殼好時節，我期待刨筋去骨盡露，鳳凰再生。

二

先買材料。

我管刷信用卡。彎刀小伙管組織籌備。不出幾天，把大洛杉磯的建材行走了個透。

十里地外的建材中心，是彎刀小夥子口中「能感受到上帝創造萬事的神奇」的地方。

我隨他那隨時有可能冒煙解體的破卡車，頂著一百度的高溫天氣，來到那神奇之地。只見一片赤地乾旱，彪漢進出，砂石開採轟轟然，十丈河堤就在身邊。

彎刀小伙在此可謂如魚得水，成為一尾活龍。他雙手插褲袋，前後左右揚下巴招呼人，儼然大款的派頭，一路「Que paso? Muy vien.」怎麼樣？很好。

他給我介紹建材料、油料、彩漆、木頭大理石，合成石材，每家廠房都是「朋友的店」，每個地方都有「Chingon」（很強），木料石塊也都「caballo huebudo」（帶勁）。

私下小夥子卻說：「這些都是噱頭，看看就好。整修房子不要跟人流行用時髦建材。只要格局好，材料好，選對油漆顏色，傢俱合拍，就行。」

看緊荷包的我，自然萬分贊同。

小伙子建議，「買些二手傢俱，要原木的，我幫妳翻新吧。復古傢俱比什麼都時髦。設計家都這麼幹。」他拍胸脯，「包在我身上。」

得此神兵助攻，我的日常生活很快地變了樣。裙子是再也不穿了，每天牛仔褲進出。二手店買來的舊T恤最好用，一次性穿過，沾了油漆鐵鏽，就說再見。鎮日螺絲榔頭為伍，木條打樁，電鑽油漆，水泥磨砂，拉電線，裝開關，上地板，翻修舊傢俱。上課時間到了，T恤衫上加西裝外套，放下榔頭直接上講臺。

三

不時得往建材總匯「家得寶」（Home Depot）跑。

初夏清晨，日出在五點五十分，我與彎刀小伙已經等在「家得寶」大門口。

這時，停車場上已經聚集了百來輛工程小卡車。清涼的晨霧裡，響著一片爽脆呱啦的西班牙語聲。

拉丁美「阿米哥」們，個個睫毛濃密、皮膚亮黑、小鬍子有型，端著小七熱咖啡，互拍肩膀。一條條活龍又開始了嶄新的一天。

等穿橘色圍兜的店員出現，刷刷拉開鐵柵門，阿米哥們立馬碰上車門，快步進去辦下當天的建料木材。然後一陣普普聲中，縱身翻上小卡車，揚長而去。

我和彎刀小夥也辦下當天必須的隔熱泡綿、木料板、成排的鐵釘、鐵錘、電鑽，兩扇尺寸合碼的全木舊門、浴室廚房用櫥櫃、老磁磚、古董站燈，和全新的二乘四，四乘四，長短大小各式紅木橡木核桃木實心木料。

一一送上卡車。新的一天，就此展開。

四

還有五金行。

那是個迷人的地方。店裡的師傅們個個思路清晰，寡言、精準、細膩，有無盡的耐性。美國人工貴，尋常家用電器壞了，請人來維修，看上一眼，隨便就上百美金。唯有五金店裡的師傅們，紳士、慷慨、溫暖，有耐心。但凡家電器材，水管鎖頭，電線鐵網，草坪肥料，花圃用具，甚至露營設備，狗食貓品，泳池濾網等等，師傅們都會手把手，幫你想法子。只要願意嘗試，他們就不厭其煩地為妳指點明路。我的鍋把壞了，他們幫我找到大小精準的鎖頭，加上一片半釐米的鐵圈。電燈壞了，他們告訴我用什麼鎖頭，那種電線。

去一趟五金行，帶回家滿滿的正能量。人間有路，老天爺從來不會在一根螺絲釘，一個小蓋帽上，跟英雄好漢過不去。

五

彎刀小伙指點我：「真想在工匠的世界裡出入自如，要通過『墨西哥電擊』（Mexican shock）這一關。」

墨西哥點擊？什麼名堂？

彎刀小伙把牆上的插頭蓋翻開來，示範非我看。電路分正負兩頭。左手捏正電，右手捏負電，立刻就有一到麻滋滋的電流通過手臂。

我立刻彈跳開來，小伙子哈哈大笑，再三保證：「死不了。過了這一關，以後妳修理電器，就不用花錢找我了。」

據說，中墨邊界上著名的提瓦納市場裡，有阿米哥背著電瓶招攬生意，喊：「墨西哥電擊，一分鐘五毛錢。」（Mexican shock, Mexican shock, 50 cents for one minute!）

二〇一六、三、五

小獸來訪

小鎮來去二十多年。

春來秋去，大地生息。山裡的小獸小鹿、小狼、臭鼠、浣熊、貓頭鷹、松鼠有時候會從山間下到人家庭院，找水喝。

池邊浣熊

家家都有後院。後院緊鄰著山邊。動物出沒，自來自去。

夏天，我家小水塘邊大樹的白花盛開，蠻熟爆米花般的奶白花朵炸開，翻跌在池邊。

水塘是小浣熊洗手，鄰家小貓小狗路過歇腳，鳥群駐足喝水的地方。

小浣熊總在夜間來，兩大一小三人組，在小塘邊留下濕嗒嗒的腳印。夏天晚上，幾乎每晚都來。等到屋裡的燈一滅，它們仨立刻啪噠啪噠走向水塘，洗手洗腳，大洗一通。估計平日就住在涼亭後面的山坡上，晚上等我躺下熄燈，它們就撩撥池水，弄得淅淅索索。

為防落葉卡進抽水泵浦，我在水塘的小馬達上加了透孔塑料罩子。浣熊一家仨那天來洗手的時候，立刻察覺與平日有異，把那呼呼運作中的馬達翻來倒去。小塘流水讓他們弄得時斷時續，折騰了一個夠。我躺在十步外的被窩裡，想像它們的忙乎勁兒。一會兒我要睡了，拿出手電筒朝池邊搖過去一束光，果然撩撥的水聲立時停了下來。

浣熊三人組定格在光圈裡，一動不動齊齊朝我看，漆黑夜色裡，眼珠活像玻璃彈珠。

第一次看見小浣熊，是多年前韓劇《大長今》飄洋過海，風靡美利堅帝國的時候。我夜裡回家，呆坐電視前，虔誠陪伺。

一天，正為大長今寬衣垂眉、聖潔堅忍所動，抬眼看見玻璃窗外，幾點晶瑩亮光浮在漆黑暗夜中。是浣熊一家三口陪我看電視呢。討喜的白色大花臉，鼻眼處左右一線兩大抹大黑鏡，排成一排。

因為大長今，我膠著在沙發椅上一動不動，那一家三口也靜坐許久。如此多時，它們緩緩拾階，一前一後，啪噠啪噠往小山坡上去了。

偶爾，浣熊三人組雅興發作，要吃小塘裡的蓮花。一夜折騰，待我醒來，蓮花根莖已被他們仨全數咬成稀爛，撒落池邊。連水池裡防蚊的大肚魚也讓他們撩撥得命若懸絲。

大狗和臭鼠

大狗尼納吃過浣熊的虧。

那次尼納來我家小住。半夜突然汪汪狂吠，氣息敗壞要衝出房去。原來是浣熊一家出動，偷吃了存在後屋的狗糧。地板上一排水汪汪的浣熊爪印，從落地窗邊一路直通狗糧架邊。尼納哼哼唧唧非常不甘心，往後院山坡上狂吠了一陣才肯躺下。

其實，尼納吃的虧，除了浣熊，還有臭鼠。

臭鼠外型可愛無敵，鵝絨深黑的背上兩道雪白流線紋，毛茸茸的尾巴捧著一堆雪白。他們不搗亂，不吵人，一團鵝絨雪白悄聲從屋邊走過。但它們有一種上帝賦予的天生克敵武器，比阿摩尼亞更辛辣，比糞坑更難消受的，言語無法形容的惡臭。只要它發功，世間英雄小人，人狗畜生，天使魔鬼一概要跪地求饒，夾著尾巴逃為上策。

常到我家後院來玩的臭鼠，是一對戀人。

它倆從小山某處，穿過山坡祕道，不時出現在後院的紫陶洞邊。兩位戀人在草地上毛茸茸地糾纏不清，你追我跑。陽光柔軟的日子，他倆抵擋不住綠色草坪的誘惑，有時就地歡愛起來。之後，一搖一晃，前後相隨，又鑽進紫陶洞口回家了。

偏偏那次，尼納不解風情，在臭鼠小倆口情最深意最濃，浪漫指數破表的一刻，鼻息黏膩喉嚨咕嚕嚕朝的小倆口衝撞過去。兩位歡愉中的戀人，在緊要關頭使出上天恩准的殺手鐧，噴得尼納滿頭滿臉，悶聲哀哀跑回屋子求救。

我們用番茄醬給尼納洗了三次澡，才算勉強可與它同屋。至於我們自己，也渾身惡臭了幾星期。出門抬不起頭來，噴香水遮醜也沒用，逢人就道歉。

松鼠

小松鼠是後院的常住戶。

鎮日無事，它們在松樹杆、無花果葉、牆頭上竄上跳下，尋找喜愛的橡食、無花果、和松果。邊追邊打，呱呱呱呱果果果果，歪倒跌撞，竄打到樹幹盡頭站不住的地方。

吵架的時候，小松鼠直起身子面對面，手捧前胸，惡言相向，語速很快，老母雞一般：喀喀喀喀，喀喀喀喀，果果果——果果果果——果果。你要臉不要臉？你凶什麼凶？幹嗎這麼凶？

院子裡的小橘子樹，每年只結三四十個，卻非常甜。每到橘子紅了的季節，我們就要嚴陣以待，跟盤踞後院的小松鼠們展開搶橘子的年度大戰。兩造虎視眈眈，嚴密監視那可愛誘人，叫人口水直流的小橘子。每天起床，第一件事就是到後院去勘察小橘子的狀態。小松鼠們比我們們更投入專注，幾乎是全天候地蹲在牆頭木樁上，虎視眈眈。

橘子爭奪戰進入諜對諜的白熱化階段，人鼠都繃緊了神經。戰爭卻又往往在四下靜好，鳥叫蟲鳴的金秋早晨悄悄結束。滿樹的橘子，不止一次人間蒸發，一夜間化作一堆碎片果皮，散在松鼠慣坐的木樁上。

在人們酣眠暢快的夜間，松鼠們想必呼朋引伴開派對，一人捧隻熟透的小橘子，挺起胸膛，蹲坐木樁上，小爪子剝開橘子皮，紮巴咂巴把橘子吃個金光。

你能想像那寧靜的清晨，我的絕望嗎？

貓咪阿米

今年春天的雨水不少，蟲鳥蜘蛛飛蛾蜥蜴，人畜興旺。只要在後院水池放滿水，擺上一盤小米向日葵籽，松鼠小鳥兒立刻嘰嘰喳喳聞風而來，飛蛾、蜻蜓、蜥蜴、蚯蚓、鼻涕蟲、松鼠也來湊熱鬧。

鄰家有只小貓，名字叫阿米。這靈透到不像話的貓咪，每天前腿併攏端坐在我書房門口，見我出來，立刻就地臥倒翻出白毛肚皮，來個倒地葫蘆。

好幾次，阿米體念我平日恩情，半夜出去獵了些野味老鼠之類的來送給我，整整齊齊擺在落地窗外。要在我清早開門出來撿報紙的時候，來個出其不意的驚喜。這時候，它總在不遠不近的地方，若無其事地，高傲地來回走動。阿米是在邀功呢。它當然不知道，我是吃素的。

小狼

有一陣，後院來了一隻小野狼。在後院深處，坡地大樹下安家。

坡地上的大樹旁，有個亭子，幾步外就是鄰家石牆。石牆上爬滿的青藤，青藤腳跟處，一叢叢齊腰野草。亭子後面沒有路，青藤、雜草、和小樹在亭子後邊落地生根，成了一小片野地。那是小狼棲身的理想地方。

一開始，小狼不住在松樹邊，是在另一頭的楡樹下面。楡樹下有厚厚的乾樹葉，小狼睡在那裡是很舒服的。後來，我在坡地上安了夜燈，夜裡風吹草動，燈光倏然打亮，把野地照得水銀世界一般。小狼顯然不喜歡這項文明設施。一次燈光乍亮，只見牠弓背一個縱身，眨眼不見了蹤影。但是，祂並沒有搬走，只是換了個地方，把狼窩挪到松樹下，夜燈照不到的地方去了。

有時，小狼回來睡覺，有時不回來。它與我想隔三十尺地，各過各的日子。颳風下雨的日子，也時有惦念：小狼上哪兒去遊蕩呢？人間險惡，如此四處奔竄，可不危險？

狼群好動，一日竄走五、六十英里，並不稀奇。所到之處，以氣味辨識狼跡，在別隻小狼窩裡睡上一晚，也是常有的。不然怎麼荒野一匹狼呢。

有時，祂試探我的膽識。跑到後院水池邊的大石頭上，或草坪正中央，大剌剌如廁起來。想是攻城掠地的刺探吧。可小狼有所不知，本人類也不省事。來一坨，剷一坨，來兩坨，剷一雙，直到小狼打退堂鼓，不玩為止。

據我觀察，狼類的耐性和堅持遠遠不及人類。不過三日，第四、五日，小狼就會棄甲，到別處天涯如廁去也。

坦白說，收拾那小狼窩有何難？幾次上到小坡去張望，想想與狼輩計較？且讓牠六尺何妨。

老鼠夫婦

小野狼之外，也來過一對老鼠夫婦。

冬季滂沱豪雨之後，一對老鼠夫婦無處藏身，避難到此。牠倆到底是美利堅長大的，跟我兒時在南臺灣打過交道的鼠輩梟雄比起來，只能算小兒科。

只在每天我熄燈上床後，他倆才偷偷摸摸沿著牆壁走一圈，餓起來，啃掉我拉在料理臺上的半隻蘋果。最大的一次壯舉，是它倆埋頭鑽進菜籃裡的一隻美國大茄子，吃出一個和它們的身形一模一樣的洞來。

朋友警告我，鼠輩們找到鍾情的家，就會住定，不輕易離開。於是我精心謀劃起來，準備雨後展開驅逐。但這對老鼠夫婦似乎壓根無意久留，豪雨停息後，他倆連夜兼程把大門沿下啃出一道牙印，「離境」之心殷勤懇切。

我跟鼠輩打過交道，明察秋毫，隔天留了道門縫，給它倆立個下臺階。果然，次日風高月明，星稀人靜，這對愚夫婦大恩不言謝，揚長而去。

虎紋蜥蜴

春雨濕嗒嗒的日子，風聲人聲左鄰右舍聲都在濕潤的空氣裡遊走一圈後，落在地面上。後院水塘邊的一條大蜥蜴，也在濕嗒嗒的雨天，也在石頭邊蛻下了它的舊衣服。

乍看見，還以為是條小蛇，巴掌大小，蛇紋斑斕，身下一層翠綠的玉樹葉片。我在石頭上東敲敲西打打，弄出響聲，它只聞風不動，半點不理人。掏出手機，拍它個「美人春睡圖」，它也不介意。

一時搞不清，T說，「大概是眼鏡蛇。頭很大啊。雨水喝多，醉倒了吧。」

我說，「別太靠近，小心它發動攻擊。」

「我的大皮鞋頭裡埋了鐵片，誰敢咬我，不怕掉顆牙。」

一陣風吹過來，樹葉嘩嘩響，眨眼間，眼皮下那條小蛇似乎動了一下。

倆人齊齊倒退一步，「動了嗎動了嗎？」

「風吹的。不會是蛇皮吧？」我們商量了一下，站遠了伸根竹竿過去。

應聲挑起一片花紋華麗的蛇皮。不捲曲，大概才剛蛻下。

於是一串噢噢噢，真相大白：「這麼大的蜥蜴！超巨大啊！」

那張斑斕的蜥蜴「前身」，我好好收拾起來，安置在甘涼通風的亭子裡。

也許脫身而去的蜥蜴先生不久之後，會想看上它一眼？也或許，過一陣子，它就會讓林間清風，吹往他處。

後院桃樹

山坡上，有兩棵不請自來的桃樹，還有一棵無花果樹。桃花有時開，有時不開。

大狗和小貓經常來。小松鼠總是在的。浣熊有時來，有時不來。小狼來了，又走了。老鼠夫婦也走了。

但我，漂流至此，就住下了。與無花果的後院，四季相伴。

二〇一六、一、廿二

初到貴寶地

初到天使城，一切從頭開始。留學生間，口耳相傳著一些「求生寶典」，生存祕訣。

比如，開車要怎麼踩油省油，買肉要上哪國超市（亞美尼亞），買蔬菜水果上哪兒（墨西哥店），買鍋碗瓢盆上舊貨攤，想吃豬耳朵豬肝豬腸子只有中國超市有，還有中國城的免費泊車角落，黑市國際電話卡密碼……。

同學會長另有一招：「交朋友，要找『外國人』。」為了學英文？不。會長指點：「『美國人』沒法交朋友，『外國人』才行。歐洲人，法國人，英國人，德國人，以色列人，猶太人，義大利人，墨西哥人，印度人，中東人都行，都比美國人強。」

說白了：本地人有本地人的好日子，初來乍到的人有初來乍到的折騰。陽關道和獨木橋，不可強也。

過關

漂流美利堅，確實有幾個「難關」是跟「外國朋友」一起度過的。比如學生公寓二次遭劫，剛到手的車被盜走，山火威脅住處，後院老松暗夜倒向屋頂。出門在外，碰上這類為難事兒，「外國朋友」多會二話不說，互相幫忙。事過境遷，這些曾經相濡以沫的朋友已不知去向。午夜寂靜的時刻，卻時常想起，絲絲甘甜。

讀書時，和同學分租公寓。日裔屋主事先說了，房子老舊，不再整理翻修，房租算便宜些，大家將就住吧。同屋的艾麗雪是個祕魯和日本混血，父母早逝，自己打工繳學費。我也靠暑假打黑工存下的幾千塊錢，支付奇貴的學費。緊鄰的印第安老夫婦，平日靠救濟金和超市垃圾桶收集來的過期青菜水果過活。四個膚色各異天南地北的人，平日點頭之交，沒有共同的話題，貼著同一道牆，數著錢過日子，別有一種知心照看和心知肚明。

三、四年來，印第安老夫婦雷打不動地稱呼我「王」（Wang）。為什麼「王」呢，原因無他：路口那家中餐外賣店，就叫「王」（The Wang's）。

我屢次糾正，「是明，不是王。」

他倆頻頻點頭，笑嘻嘻地說，「好好，對不起，王。」

後來艾麗雪畢業了，在銀行上班。每次領薪水，她就說我：「當研究生有什麼好處？拼死拼活，沒有半毛錢薪水，就算煎漢堡打工，也有最低工資三塊半啊。」

那是三十年前的事。

一九八九年，Rodney King事件引發洛城暴動，商家店面多遭流民洗劫，警察眼睜睜看著縱火者傷亡者到處跑，一點辦法也沒有，最後由州政府派來鎮暴部隊才得平息。學校停課了，同學們紛紛在家裏棉被睡大覺。銀行也不敢開門營業，艾麗雪不上班，爬到頂樓陽臺遠眺城中硝煙，隨時通報遠處的煙火槍聲。消防樓梯上上下下，給她踩得嘎嘎響。

印第安老人不知從哪兒端出一枝長矛，在門口擺弄起來。

印第安婆婆也從床下拖出一條雙節棍，說：「看，我的李小龍Bruce Lee。」

艾麗雪笑他，「只會打自己的頭吧。」

四人靠在一起，好好討論起棍棒武器之事，也翻箱倒櫃，搬出各自存糧分食。城中一片混亂，短短幾天公寓閣樓上的日子，我們四人真的能為彼此赴湯蹈火，兩肋插刀。

人間幾回同船共度。印地安老夫婦早已離開人世，艾麗雪也在多年前跟男友移居瑞典，斷了聯繫。只有夜深時分，才會想起那段相濡以沫的日子。

吃過苦的人

這些年，我又多了幾個親如家人的「外國朋友」：打掃屋子的瑪麗亞，園丁荷西，萬能工匠佛列多。

佛列多是個滿臉笑容，能幹樂觀的裝潢師傅。但他無事不能，堪稱神匠。家裡電路作怪，水管故障，屋頂換新，冰箱不冷，烤箱不靈，裝潢翻新，甚至家裡鑽進了老鼠，後院發現一張蛇皮，山坡上出現小狼窩，不管是芝麻大還是天大的頭疼事兒，T頭也不抬，讓我：打電話給佛列多！

美國居，大不易，有佛列多這樣的幫手真是可遇不可求的幸運。

佛列多是薩爾瓦多難民，嘴上常掛一句話：「吃過苦的人，才懂得伸出援手。」一九〇年代，薩爾瓦多內戰中，眼看十八歲的佛列會被抓去當兵，他的母親變賣了棲身的唯一房產，讓他到墨西哥找到「野狼」（也叫「蛇頭」），穿過沙漠，潛入美國。佛列多的運氣還不錯，受戰時薩爾瓦多難民臨時條款之惠，在美國留了下來。數十年間，闖蕩北美洲大陸，他開過大卡車，運送過傢俱，當過水管工，油漆工，上過電器修理課，練得各門工匠本領。靠一張陽光般燦臉的笑臉、勤奮、和好人緣，存活異域。

一天，佛列多在我家屋頂上安置冷氣水管，只聽他的大皮靴嗒嗒響，在屋頂上一會兒東一會兒西。大皮靴走到哪兒，那兒就「吱吱——吱吱吱」的電鑽聲。

時近中午，清藍的天空生出墨黑雲層來，緩緩勻勻長大，出不了多久北邊的山頭整個給罩住了，天光也全封了。

大家腳下都加了速度，收遮陽傘的，移花盆的。鄰居進出把車門摔得砰砰響，鄰家的小狗也汪汪叫起來。我把車移到了空地上，預備接受大雨「免費洗車」的招待。

傾盆大雨到來的前半秒，佛列多一個縱身從屋頂躍下，落地時間正好比豆點雨珠早半秒鐘。

他很得意，「看，時間正正好，Great timing。」

這位小兄弟滿口英文，只是沒什麼人能聽懂。他也在「馬路上」學來幾句中文，字正腔圓，唬我一跳：「J—J，J—J，幫我買個麥當勞，OK?可樂加冰。」「J—J，妳家有咖啡嗎？」

J—J者，姐姐也。與江湖梟雄為伍，我自然有求必應，點心麵包可樂蘋果定時行禮如儀。

用佛烈多的話說：「薩爾瓦多和臺灣，也是邦交國啊。」

我說，「是啊。直到最近。」

他搖頭，「唉，政治。」

空閒時，我給佛列多當下手，學會了用量尺電鑽，電鋸木鋸，油漆抛光，也識得各式鐵釘卯釘鋼釘螺絲，木料建材。

雨天的下午，兩人各佔一張油漆筒子，翻到在地，吃三明治薯條。

佛列多說，「在我的國家首都『聖薩爾瓦多』，有家中國飯店。老闆是臺灣來的，名叫：Mr. Wang。」

據說，Mr. Wang西班牙話說得好，記性好，菜也燒得好。誰家祖母生病了，誰的小孩不乖，Mr. Wang都記得一清二楚。佛烈多騰出手來，虎口圈成橄欖球，「每盤菜都，這麼大！」

「哪天我中了樂透，買機票請妳去薩爾瓦多玩。給妳介紹Mr. Wang。」

我問，「Mr. Wang多大年紀？」

「五、六十吧。」佛列多邊說邊張大嘴，湛藍眼睛睜圓了，「但那是二十五年前，現在，天哪，他會不會……已經死了。」。

這闖蕩異國的大男孩，突然想起了「家」，呆望著廊下的雨簾，說，「那時候，大家都好快樂，用力工作，用力玩，沒有煩惱。……我媽告訴我：只要還有一口氣在，天下事總能解決的。……我媽還說，不管做什麼事，要先想想，想三分鐘。……但也不要想太久，想太多也不行。」

「我媽還說，說話要婉轉，避免衝突，蜂蜜比醋好用。」

「還有，我媽說，沒錢沒關係，白天努力工作，晚上一起跳舞，沒錢沒關係。」

那年是二〇一五年，敘利亞戰事初起。佛列多一大早來上工，邊攪拌著水泥，邊嘀咕著昨晚沒睡好。

怎麼沒睡好？

這粗壯的男人突然落下兩行淚，攤開粗糙的大手掌，無助地說，「雖然不是我的國家，但是打了五百年仗，還打不完。為什麼，到底為什麼？要是換成我的國家，炸彈傷了我的孩子，叫我怎麼辦？抱著孩子跑嗎？跑到哪兒去？」

他抹去眼淚，「不能想。一想起來，就會哭不停。」

T走出來，說，「佛列多，我們出去走走吧。」

雨太大，反正沒法上水泥。兩人披上雨衣，冒著大雨出去了。回來時，兩人神祕地嘻嘻笑。手上各揣一張加州樂透彩票，一張是Power Ball，另一張是Super Lotto。

佛列多興奮道，「接連幾星期都沒人中獎，現在獎金已經累積到五百億美金啦。」

兩人像打足了氣的籃球，興致高昂。

T說，「中了獎，夠買下整條街的房產。朋友、家人、學生一家發一戶。」

佛列多說，「你們家整修房子庭院，加蓋二樓，都包在我身上。不要錢！」

佛列多重新扶起重型電鑽，噠噠噠一陣機關槍地面打擊，一尺多深的鵝卵石混水泥頓時粉塵噴飛。

那電鑽發動起來，像一匹奔騰的野馬，佛列多給震得彈簧一般，一身上下被水泥細粉密密蓋住，嘴裡還叫著，「Ga——ma——yo，強馬力，馬殺雞！」

我也戴上棉布手套，參加勞動，不出一個小時，手腳胳臂都吃飽了棉花糖，軟綿綿直打顫。佛列多則來回推動水推車運送水泥，像隻白色的大鳥，沒忘記朝我哈哈大笑，譏嘲我的無能。

大雨連下了三天，樂透終於開獎了。

佛列多全軍覆沒。T贏了四塊錢。

兩人站在屋簷下商量了好半天。T的手氣似乎「比較好」，兩人定下新一輪彩券策略：以T的名義合買彩券，中獎的話，兩人平分。

初到貴寶地。也許這就是傳說中的：移民的故事？

多年後，佛列多會不會記得，那個彩券和雨簾下的下午？

二〇一九、一、一

亞倫的髮廊

亞倫是左營來的「眷村嬰仔」，在「小臺北」開髮廊。人在異域，亞倫不改眷村本色，髮廊不時有各路人馬來打尖。人進人出，有飯大家吃，有事大家幫幫忙。

英雄好漢踏進亞倫的髮廊，自顧倒在沙發上眯眼睛。每週一三五，髮廊打烊後，亞倫的哥兒們姐兒們拉開桌椅，在店裡扭腰擺臀練吉力巴，扭麻花滿場飛，腰身屁股都成了橡皮筋。

亞倫的媽媽常隨亞倫到店裡，坐在一邊眯眯笑。她是東北人，八十多歲了，身子骨挺好，人也精神，但有些耳背失憶。

亞倫的剪子嚓嚓響，老太太遇上人的目光，就指指著亞倫告訴人家：「這是我兒子。」

熟客人跟她打招呼，老太太立刻報以陽光燦笑，字正腔圓地說，「我耳朵不好，您大點聲兒。」

老太太喜歡教人唱聖詩：「主恩廣闊高深，實在不可思議。否則像我這樣罪人，豈能蒙受如此恩澤。」

有時候她忘詞，我給她提。老太太很驚訝，說，「妳基督徒啊？」

我說，「您上次教過我啊。」

亞倫警告我，「妳給自己找麻煩，別說我沒警告你。等下傳起教來，妳跑都來不及。」

店裡吹風機呼呼，剪刀嚓嚓，老太太喊道，「大姑娘，我老了，耳朵不好，腦子也不好，但有件事情，我要告訴妳。妳要好好聽！」

亞倫在鏡子裡跟我眨眼睛：「跟妳說了吧。」

老太太唱道：「主恩廣闊高深，實在不可思議。否則像我這樣罪人，豈能蒙受如此恩澤。」

亞倫說，「每天唱幾百遍。做飯唱，洗碗唱，走路唱，上床還唱。」

王水餃躺在沙發上伸懶腰，「別人傳教我怕，你家老太太傳教，我不怕。」王水餃是賣手工水餃的，平常送貨，常寄放一些在亞倫的冰箱裡。

在矮凳上喝茶的何師傅插嘴道，「什麼好人壞人，傳教不傳教。碰上倒楣事兒，誰都一樣！」何師傅是河南人，每天提著按摩床在華人區給人按摩。

老太太繼續叨叨，「碰上打仗，我老伴早走一步，為國捐軀了。」

亞倫加油添醋道：「我媽的意思是：我爸是情報員，我九歲那年，我爸在軍艦上給人槍殺了。」

老太太聽不見兒子說話。母子倆唱雙簧。

老太太，「蒙主恩典，我的兒子很乖，很孝順……」

亞倫，「乖？我一天到晚在外頭跟人打架，她都不知道。」

老太太，「亞倫最聽話，從來不用我操心。」

亞倫，「才怪！」

老太太，「像他爸，長得好。」

這回亞倫有點得意，沒說話。

老太太又說，「他手藝也好，這點像我。」

亞倫拉高聲音，「我哪裡像妳？中學想組樂團，妳死活不讓，要不我現在不會輸給庾澄慶。」

老太太接著說，「小時候，我東北老家後邊就是櫻桃園，幾十里地的櫻桃樹，看不見邊兒。」

亞倫說，「我媽還在做大夢。還櫻桃園呢，早不知道是誰的了。」

老太太說，「好大好大的櫻桃園，小孩子跑不到頭的。隨便賣一塊地，就能給亞倫買吉他，買麥克風，組個樂團。」

鏡子裡的亞倫一驚，說，「咦，還真記得！」

王水餃在一旁插嘴，「老太太，妳們老家有日本人不？」

老太太說，「日本人，有啊。阿依嗚耶噢，我也會啊。」

王水餃說，「日本人可壞了。」

老太太說，「沒怎麼壞呀，日本人愛乾淨。」

亞倫說，「我媽在老家是大小姐。日本人怎麼壞，她根本不知道。」

王水餃發起牢騷來，「日本人可壞了。日本人是對外國人不好，共產黨呢，是對自己人不好。都不是什麼好東西！」

這回老太太聽見了，「沒看見共產黨怎麼不好啊。」

亞倫說，「在她眼裡，天下沒一個人不好。」

王水餃笑起來：「所以我說嘛，別人傳教我怕，你家老太太傳教，我不怕。」

何師傅咂巴著喝完茶，朗聲唸道，「不像憎來不像道，頭戴四兩羊絨帽，真佛不在寺院內，只要真誠叫彌勒。」

王水餃說，「神神叨叨的，何按摩的，你又搞什麼名堂？」

何師傅不理他，說，「我不信教，但我可以告訴你們，我，堅持男子漢大丈夫的操守。」

王水餃看著我說，「何按摩的，又瘋了。」

何師傅宣告道，「虎落平陽，讓美國給逼瘋了。我，爺爺奶奶，爸爸媽媽姐姐，都是醫生。現在呢，我是一個推拿師。原先，我在毛巾被單廠，一邊燒鍋爐做三班工，一邊學推拿。

沒時間回家吃飯，我老婆給我送飯。二〇〇〇年毛巾被單廠關門了，我還沒學成推拿，就下崗了。我的老婆也下崗了。從那以後，我和我老婆就不常說話了。」

亞倫挑起眉毛，「然後呢？」

何師傅慨然說道，「我，做為一個男人，沒了工作。對我的媽媽，對我的孩子，唉，我怎麼說？我如果不走出來，我怎麼辦？」

王水餃說，「就這些呀？逼上涼山，成功偷渡到遍地黃金的美國。還不滿意？」

何師傅憤憤道，「你這人，有人性嗎？」

亞倫說，「到美國來碰上我們這幫人，救苦救難給我揉膀子，賺美金。也不算你吃虧嘛。」

王水餃也裝模作樣說，「我脖子崴了，胳膊動不了，何師傅，快救救我吧。」

亞倫媽媽發話，「何師傅是好人，他的藥最好喝。」

何師傅笑起來，「老太太內行。我的藥方，可是我的媽媽傳的。我的媽媽（發音：窩弟馬嗎），在我們那裡，給人看病很出名的。」

亞倫說：「我媽病了，何師傅半夜給我媽配藥，送過來。大冷天，何師傅沒車，一路走路來的。羊毛西裝裡揣著玻璃藥罐，兩手護著。跟我媽說這是他能配的藥裡，最、最、最好喝的。一進門，何師傅就讓我去燒開水。水滾了，把燙開水跟玻璃罐子裡的藥水對倒，灑了我家一地藥水。嘴巴裡一個勁讓我媽：『一口氣喝完！』我媽喝完，說這什麼藥，一點都不苦。你們知道什麼藥嗎？紅糖水，就是紅糖水，滾燙的。」

我們都笑起來。王水餃道，「江湖郎中就是江湖郎中。混到美國，還是江湖郎中。」

何師傅說，「笑，你們就笑吧。告訴你們，好人壞人，信教不信教，喝了我家滾燙的紅糖水，渾身發趟熱流場汗，保管明天一定好。山不在高，有仙則靈，懂吧？」

不久之後，王水餃回東北了，何師傅也回河南老家了。亞倫的髮廊，又是新的一波好漢面孔。

亞倫劃開微信，讓我聽留言：

「喂，亞倫，是我。我是老何啊。河南來的推拿的老何。那個……我告訴你，我現在在我老家，上高級中醫學校。我的技術，可以說進步了很多，可以說現在非常好了。我的老婆，現在，可以說……也是很好的啦。那個……我在洛杉磯的時候，謝謝你，照顧我。唉。……那個……你來河南，來找我。一定。一定。那個……人生在世，唉。……就這樣。後會有期。你來河南找我我，一定。」

二〇一五、四、廿九

奧克蘭日記

歲月如飛鳥，繞著季節飛行。

整個夏天，我都在奧克蘭山邊晃蕩。有時鑽進紅樹林，有時窩在路邊咖啡館，但多半時候，還是歪在陽臺上。

此刻奧克蘭。

「過去」與「現在」，毗鄰而居。「過去」走在「快看不見了」的半路上。「現在」像奧克蘭碼頭吹來的風，快速覆蓋整個山頭。

那年

第一次到奧克蘭，是九〇年代初的夏天。

是陪好朋友孟悅來看她的好朋友劉禾。多年後，孟悅和劉禾各自飛往天涯海角，我卻在這裡安家。

九〇年代初，世界上剛出現了手提電腦、大哥大，但www.com，GPS還沒成為日常詞彙。女學生喜歡留長髮。校園裡，也常看得見叼香菸做沈思狀的研究生。

陪好朋友到北加州玩，自然興奮得很。但奧克蘭到底在哪兒？要開多久的車？要不要加滿油箱？走哪條高速公路？在哪個出口下交流道？我們一概不知。找來地圖一看，了不得，足足有三百六十英里。眼看太陽就要偏西，我們警覺：「再不走，就要睡在公路上了。」

途中兩人一路「咦」，「咦」，「怎麼會」。完全搞不清路線，卻一路風馳電掣。一個捧地圖，一個緊著問，現在左拐還是右拐？中途兩人覺得肚子餓，挨餓可不行，非得下交流道找漢堡吃不可。這一耽擱，又是兩小時。

闖進了一片漆黑空蕩蕩的奧克蘭山邊時，是半夜兩點鐘。

劉禾那時正在柏克萊教書，熬夜寫文章是家常便飯。半夜兩點，她精神正好，神彩奕奕地來給我們開門。隔天好客的她，帶我們倆進城四處玩耍，穿過舊金山大橋時，一路嚷嚷，「看，造這麼大一座橋，給那麼多人過。多好的人生！」

那次離開奧克蘭，劉禾讓我們把顧城、謝燁兩夫婦「捎回」洛杉磯。一路四人南腔北調，唱歌玩笑，歡歡喜喜開到洛杉磯，去會阿城和顧曉陽。

那時完全不知道，奧克蘭是美國作家傑克倫敦Jack London的故鄉，華裔作家湯婷婷Maxine Kingston Huang，譚美恩Amy Tam，趙秀健Frank Chin等人的出生地。

也不會知道，那是顧城謝燁夫婦與文壇訣別的手勢。

陽臺上

家在山腰的樹林裡。

屋後山坡草叢間，有羊腸般的「鹿徑」。那是鹿群來去，走出來的。大石頭後面，有時看得見小鹿，蹲躺著打盹。

各家屋子隨山勢層層盤旋，把山坡圍成結婚蛋糕的模樣。各家房子或大或小，有上寬下窄的，有上窄下寬的，層層穩妥，嵌在蛋糕邊上。老樹在人家的玻璃窗門裡，成了風景畫，或有一截樹幹，或有一塊山坡，一片天空。

紅樹林在屋後。初夏各色野草，層層攀爬在彼此身上。到了仲夏，這些茵茵綠草就要被燒烤成枯黃一片。有個小男孩在林子裡瘋跑，山土被他踢成小旋風。他很忙，左一把右一把往草叢胡抓，原來是要撒播草種，把左邊的草籽撒到右邊，右邊的撒到左邊。他身後的黃金犬扇著柔細金黃的大耳朵，一身金色海浪般的毛。

我在陽臺上發呆。風從奧克蘭海灣吹過來的，穿過碼頭，經過小鎮，爬上樹林人家的屋頂。碼頭上的渡輪能把人送到舊金山城裡去。我也想哪天坐渡輪進城，看看傑克倫敦廣場，加州州長Jerry Brown的住處。

但也只是想想。

天氣好了，日子對了，人都齊了，我又變卦了，依舊呆坐在陽臺上，等候山風吹落松針。

初來

初來時，沒有熟識的朋友。

每家人的房子都依著山勢，有的走高，有的走低，家家都藏得很好。彼此隔著密樹，平日難得見到。

直到仲夏八月的「街坊之夜」，才認識了這裡的鄰居們：電子鑰匙發明家，法國設計師，德國證券專家，印度女商人，華裔醫生，阿根廷籍的律師，中南美建築商，韓國餐廳老闆，亞美尼亞科技專員，菲律賓媽媽，日美混血烘培師，非洲裔音樂家，當然，還有出身公會的左派墨西哥老人阿曼多——我的「共產黨鄰居」。

晚霞初上的時分，鄰居們端著自備的餐點糕餅，大盤小盤擺在大樹下的長桌上。小孩溜滑板，小狗追著跑，大人手握冰茶說話。平日聽不見的許多故事，繽紛的家族，移民的歷練，人事來去湮滅，和一些來不及被歷史卷軸收錄的聽聞，涓涓溪水般滑了出來。

月亮爬上樹梢，海上的霧氣悄悄覆蓋山腰的時候，大家才警覺到：明天是個工作日，紛紛收拾起碗盤家當，領著孩子回家。那才露出冰山一角的人家故事，還未聽完，再次隱進了濃林深處。

等待下一個仲夏八月的到來。

砍樹

白金的夏日，天空大大的，雲層白白的，老樹直直的。

又到了山火一觸即發的季節。人們提防著傾斜的大樹，乾死的枯枝，易燃的油加利樹，屋頂累累的松針，還有那日趨嚴重，啃噬老松樹根的橡皮甲蟲。

鎮上的消防隊出動了。挨家挨戶查看庭院樹木，嚴防山火，不能手軟。該砍修的，該清除的，該打理的，都標明在白色通知書上。逐項打勾，設下期限，擺放在各家門把上。要有哪家人不理睬通知，那張白色通知單，很快就會變成黃色的。要再拖延，黃色就變成了紅色。接下來，頭戴黃盔的消防員就會直接把大紅救火車開到你家門口。十萬火急的季節，再不合作就不好意思啦。

接到消防隊白色通知書的人家，難免要「砍」與「不砍」之間好一番掙扎。這時候，砍樹公司的廣告悄悄出現在信箱和門縫邊：「阿米哥庭院兄弟公司，專精山坡樹木清理，松針掃除，砍樹修樹各項。請電。」

我們這層山路上，第一戶動手砍樹的是梅子家。一大早，阿米哥們就爬上梅子家屋頂，掃下成袋的松針和乾葉，裝在米黃色的大型環保紙袋裡。之後，阿米哥們身上一一圍上粗繩，一片哈啦歡騰上到樹上。接下來，只聽得一片吱吱電鋸聲在山谷間迴盪。

砍完梅子家，輪到我家。

談笑之間，窗外那棵被消防隊點名的傾斜老松就沒有了蹤影。平日陰涼褐綠色的窗外，像掉了顆大門牙，露出一個亮晃晃的大「洞」。樹身下面，一圈肉白碎木屑。整個屋子就被老松的異香團團圍住，太陽光穿透進來，書房一片煞白。T和我呆站在那個「洞」前，半天沒說一句話。驚嚇中，我們彼此安慰，「沒關係，山坡上還有很多樹。」

之後，左鄰右舍都紛紛跟進了。骨牌一般，雇用著同一家砍樹公司。連著一星期，山谷間一陣陣劈劈啪啪的斧鉅聲，和滋滋的電鋸聲。大小樹幹紛紛被放倒，一節節圓樁子堆在斜坡上。肉白粉嫩的「樹血」，泠透出來，夾在雪白的樹肉和粗褐的老皮間，肉凍一般。

四季來去，寒暑起落。

那老松的異香，徘徊在山腰上，入夜後依舊久久不散。

酸饅頭

流動「農夫市場」（Farmer's Market）來到山邊的小鎮。一方方大白布棚在街心架起來，車輛慢騰騰地繞道而行。

大人小孩、男人女人，大狗小狗都走出家門，來到街心。滿街手拉車、嬰兒車，腳踏車，還有狗鏈子，叮叮噹噹響。

「酸麵包」（Sourdough Bread）攤上，總有人排隊。亞美尼亞來的麵包師傅告訴大家：「羅馬不是一天造成的。但你們大概不知道，沒有『酸麵包』，就沒有羅馬帝國。」

買的人一面笑，一面掏錢，「亞美尼亞跟羅馬帝國，還遠著呢。」

師傅很認真，「古時後羅馬士兵遠征到地中海，一路上就靠酸麵包。邊吃邊打，打敗了西班牙，葡萄牙，地中海各小國，還有非洲北邊，埃及，奈及利亞，利比亞，打出了羅馬帝國。」

他拍打手上那條酸麵包，「好東西啊！不會做酸麵包的軍隊都被消滅了。」

有人問他，做酸麵包的訣竅。

師傅說，「不要訣竅，只要耐性。」

人又問：「你用發酵粉？」

「發酵粉？開什麼玩笑？羅馬士兵的時代，哪來發酵粉？」

「發得起來嗎？漲大嗎？」

「天然發酵，不用漲那麼大。光大有什麼用？」

士兵和饅頭麵包的故事，是我熟知的。

小時候，我們的部隊和眷村什麼都缺，獨獨不缺麵粉。那叫「美援」。小孩們常圍在叔叔伯伯身邊，看他們包包子蒸饅頭滾蔥油餅的絕活兒。母親的裁縫工作趕工時，我和哥哥從部隊學來幾招，也能湊合蒸包子、做饅頭、煎麵餅。

奧克蘭仲夏，我穿著圍裙，砸著橡皮筋，琢磨怎麼做老麵。用工業酵母粉呢，還是用優酪乳和葡萄乾天然發酵？

老法不算難，就是要「等」。把麵粉，溫水，葡萄乾，優酪乳，混合擱在屋子一星期。隔天加一次水，加一次麵，再隔天再加一次水，再加一次麵。過一星期，益生菌長大了，就大功告成了。之後就要加上大量的乾麵粉，揉啊揉。撒上迷迭香和核桃仁，揉啊揉，揉成不黏手的可愛一團，讓它睡一覺，等睡胖了，往旁麵團上劃個十字。入烤箱二十分鐘，就成了飽實有勁的「酸麵包」。

酸麵包出爐，綻開漂亮的益生菌大氣泡。

羅馬帝國，靠的就是這個。

二〇一七、八

莎翁客棧

到白蠟鎮去看莎士比亞戲劇。來去之間，竟發起夢來。此夢來勢洶洶，不出半日，已把我送進高燒囈語狀態。連T也被我感染，成為「發燒友」。

接下來的半個月，我倆言必莎翁，語必客棧。「莎翁客棧」四字成了我們的關鍵詞。

發了什麼夢呢？開客棧。我們要開「莎翁客棧」！

秋日夜短，有夢如斯。是以為記。

一

從舊金山出發。行囊簡便，便衣牙刷牙膏跑鞋手機，連筆記電腦都省了，只帶五本莎士比亞單行本。

車行穿過茂密的紅樹林，白雪蓋頭的雪斯塔山，五個小時後進入白蠟鎮。入住我們的老地方：Tom和Pat的小客棧。

Tom和Pat像老朋友一樣迎上來，接過行李，讓我們被麵包香包圍，薄荷草莓香浸透。

聊天中，Tom和Pat卻告訴我們，他們要退休歇業了。此刻，客棧正在尋找買家轉讓。「到該告別客棧生涯的時候了。小客棧賺不了什麼錢，希望有緣人能接手。」

也許下次再來，接待的人就不是Tom和Pat了。我訝異極了，脫口說出一句，「我有興趣接手。」

T啞然，「妳說什麼？」

Tom會心一笑，安慰道，「我當初也跟妳一樣，腦門發熱。你們慢慢想想吧，不著急。」

Tom和Pat是一對多才多藝的白領夫婦，盛年中各自辭去專業工作，來白蠟鎮尋找「不一樣的生活」。二十年來，他們的小客棧接待過一萬多個家庭住客，認識了許多莎劇發燒友。他倆是莎劇的鐵桿粉絲，鎮上的每場莎劇演出都看過，除了熟知每位演員的來歷，導演的風格，還知道服裝設計師，道具製作團隊，甚至每件服裝上的花紋和材料。

他倆也是莎劇團體的長期義工。Pat志願參加道具服裝團隊，編織鞋帽、裁縫道具等等。Tom也在票房做志願者，參與票房，宣傳、糾察，領位等工作。其實，整個白蠟鎮就是莎劇的粉絲團。參預各種志願團隊的就有八千多位，耳濡目染，不能做詩也能吟，就算不懂莎劇的門道，熱鬧該沒少看。

Pat告訴我，為我們整理房間的高個兒男孩，還有打理客廳，收拾毛巾的工讀生，就是今晚《Much Ado about Nothing》劇中的衛兵丑角啊。

二

白蠟鎮是美國西岸「莎士比亞戲劇節」的第一盛地。北加州最北，奧瑞崗州最南，兩州邊界附近的一個小鎮。因當地的白蠟樹林而得名。

每年四至九月中，鎮上的莎劇團開演，各地的莎翁劇迷都聚集到這裡來，父母帶孩子，爺奶帶孫子，老師帶學生，還有喜歡舞臺藝術的年輕人，情侶，背包客，逐夢人，中老年夫婦朋友，認認真真地編織起莎士比亞舞臺上的人生。

一個世紀前，白蠟鎮曾是淘金客落腳歇息的地方，居民多半以小客棧方式謀生。半個世紀後，淘金潮退去，一位中學英文教師，為學生們張羅莎士比亞戲劇演出，不意成就了小鎮的莎翁戲劇產業鏈。鎮上行政單位本來以為不會有人看莎士比亞戲劇，但礙於教育之名，勉強核准四百美元的贊助。附帶條件是：必須與拳擊比賽聯票賣出，吸引當地的基本群眾。

中學老師二話不說，馬上同意了。他認為莎士比亞的戲就，本來就是市井小民的娛樂，當年就在鬧哄哄的市集裡演出。演員和觀眾打成一片，貴族與販夫走卒同聲感嘆，揮淚動情。當場拿下四百美金，把莎士比亞和拳擊比賽同臺處理了。

一鑼打響，好評如潮。此後白蠟鎮神話一般，發展出「莎士比亞戲劇節」。八十個年頭過去，每年莎劇演出的季節，白蠟鎮上人群川流，莎劇演員，舞臺設計師，藝術家穿梭來去，跟觀眾一起排隊付賬買咖啡上超市。這無名小鎮自此成為美國西岸莎士比亞戲劇的領頭羊。

莎士比亞養活了白臘鎮上數萬戶的人家。

三

一大早，客棧咖啡的濃香先征服了大家的瞌睡蟲，那些賴在床上的，半歪半躺看早報的人，都被召喚到早餐桌上。

十多個中年人圍坐大餐桌，邊吃邊聊莎士比亞。

主人為大家倒上橘子汁，邊問，「昨晚的戲如何？」

來自各方，並不相識的旅人們，一時七嘴八舌起來。也許是舞臺的感染力太大，大家的表情也頗誇張放大。有拍胸脯的，有伸舌頭的，有埋臉抱額頭的，紛紛模仿起昨晚舞臺上的各種姿態。

「天哪，那些演員，都是天才。」

「那個演員把壞國王亨利二世演得非常人性，動人啊。」

「哈姆雷特成了搖滾憤青，讓我想起當年自己。」

「奧菲莉亞染了龐克髮型，額頭一抹紫紅。太酷了。」

「演提蒙斯的男演員都快七十歲了，光著臂膀，穿條短褲頭，在舞臺上翻打奔跑兩個小時，真給老人壯膽！」

「《第十二夜》改成一九三〇年代的背景和歌舞。熱鬧！」

「我反對，戲就是戲，改成歌舞劇幹什麼？要看歌舞劇，何不到別處去。」

「我拒看現代版的莎士比亞。沒意思。」

這裡的客人跟我們一樣，多半是「回頭客」。

Tom在一旁給大家添咖啡，分享幕後的新聞趣事，劇團的變動，演員的去向。Pat的早餐花樣百出，每日更新，總有三道。第一道：薄荷水、橘子汁、松糕、可頌麵包。第二道：是熱騰騰的各式蔬菜派，法國鹹派啦，義大利酥皮派啦，舒芙蕾，麵包布丁，或煎蛋火腿等。第三道，上早餐甜點小蛋糕之類。

早餐桌上常出現大家不肯散場的情況。話題從莎劇到天上地下，人畜精靈，沒完沒了。

這時，Pat就拿出小鈴鐺來鐺鐺鐺，說，「洗碗時間到啦。」Tom也拿出小鼓來咚咚咚兩下，宣告，「再聊下去就是午餐時間了。大家散了吧。」

眾人看見逐客令，都笑嘻嘻地停了嘴，放下餐巾，縮回房間看劇本。

這個小客棧裡只有莎士比亞劇本，沒有電視機。

四

聽說，小客棧的第一位主人是一對退休中學老師。因為喜歡莎士比亞到小鎮看戲，留了下來。

第二位是中年夫婦，厭倦了大城市拚鬥，提前退休，來此接手客棧。

第三位是一對廚藝了得的護士母女，聯手把客棧經營得有聲有色。

Tom和**Pat**是第四任。二十年間，他們的早餐桌上賓客常滿，有咖啡，酥皮派，和聊不完的莎士比亞。

書架上有本書，叫《如何開啟五十歲後的生涯》。兩位主人拿出來分享，說，「我們的客棧只有六、七個房間，平日維持收支平衡罷了。年輕時嚮往舞臺，錯過了，這也算圓夢吧！」

這一箭不偏不倚，正中我的要害。

我跟T說：「開客棧的好處是：不用出去找朋友，朋友自動會來找我們。」

T的想像力總圍著學術討論會，「這倒不錯。每天早餐桌上有人陪我們喝咖啡，聊莎士比亞。」

「朋友、學生、親戚都能來住，免費！」

「我的下一本書，作者介紹欄就寫：莎翁客棧主人作者某某某。」

T突然想到了實際的問題，「妳會做美式早餐不能只有土司麵包，要有特色。」

我不會，只得拍胸脯，「這還不容易，快速學成就是了。」

五

我們找來一份「你適合做小客棧主人嗎」的自我問卷。倆人一起試試溫度。

問卷問我倆：

第一：買客棧的錢，哪裡來？答案：要賣掉現在的房子。

第二：現在的教書工作，要辭掉嗎？答案：要。

第三：我們倆的個性合適這個行當嗎？答案：把握「個人成長」的機會。

第四：旅行不在家的時候，客棧怎麼辦？答案：暫不營業。

第五：生病了，沒法做早餐怎麼辦？答案：發餐券。

第六：兩人共事，誰聽誰的？答案：到時候看。

第七：燈泡燒了，馬桶壞了，誰修理？

T苦著臉說，「馬桶我不會。換燈泡，我會。」

第八：意見不合，吵架了呢？

T和我互相指責起來：「你（妳）的脾氣太壞，要改改。否則……」

兩人都不愛聽這話，鬧起脾氣來。賣房子，辭工作，都不是問題，偏偏。要對方「改改脾氣」，都不遷就。

六

但這並沒有讓我們退燒。直到一天，家裡燈泡壞了。T捏著新燈泡站上梯子去，讓我：「扶穩，別讓我摔下來。我怕高。」

折騰半年，T甩著手爬下梯子，宣告，「燈泡有瑕疵，裝不上去。」

只好換我爬上梯子。我捏著燈泡爬上梯子，伸出膀子憑觸覺右轉右轉轉，頃刻間燈火大放光明。

就在那一剎那，我的莎翁客棧夢，突然，完結了。退燒了。

客棧外邊，一片白蠟樹。穿過樹林，就是露天劇場。露天劇場，皓月倩兮，人間浮沉。

一場客棧夢，來時洶洶，去時無痕。

有夢一劫一成，秋日乍暖還涼。

二〇一五、十、十五

輯三

等待果陀

天使的鑰匙

路過瑪麗貝的屋子。

那扇橘紅的大門，換成了偏透亮的黃色。門邊的洋紫荊正開滿一樹紫花。兩棵老松因南加蟲害，已經砍掉，換成小花圃，養著鳶尾花、波斯百合、大理花、和薔薇。

這屋子，現在住著什麼人呢？

曾經的家

那些年，我曾以此為「家」。

每天回家，走進那扇橘紅門，喊一聲回來了。放下書包，到後院看看檸檬樹，摸摸橘子花，迷迭香，大理花，和韭菜花。那棵不大不小的橘子樹，每年會結出四五百個橘子。檸檬是四季常有的，韭菜芽成梗後冒出白色的小花，迷迭香的老莖偶爾要修剪。還有那隻早上會來探勘鼠尾草的蜂鳥，下午來喝水的藍鵲，隨時在牆頭追逐打鬧的兩隻松鼠。

那些年，我與H少年同行，像埋在地裡的兩個果核，貼耳傾聽土地鬆動的聲音，等待探出地表的時刻。

後來，我搬離瑪麗貝的家，開始單飛。離別的那一天，日頭像是被漂洗過，天空泛白，大大一塊絹布上晃著尖細松針銀光。

臨行，我把鑰匙還給瑪麗貝。她卻挑出其中一支，還給我，說，「留著大門鑰匙，這裡還是妳的家。可以隨時回來。」

忘了當時是否曾經謝她。但此後，這只鑰匙一直躺在我的行囊裡，隨我萬里天涯。

房東太太

瑪麗貝是我認識的人中，最恬淡無爭的一個。

看過圖書館裡給孩子唸故事，超市麵包架前選糕點，公園長凳上打毛線，跪在草地上默默整理花草的老太太？是的，那就是「瑪麗貝」。一個好學歷（貴族大學學位），好家世（祖輩跟林肯總統一起打過南北戰爭），好教養（多才多藝），好品味（讀《紐約客》和《經濟學人》），踏踏實實過好每一天的美國太太。

所謂的「踏踏實實過好每一天」，對瑪麗貝來說，是自己動手刷油漆、貼壁紙、換磁磚，鋸木材、蓋陽臺、修水管、設計庭園，種花養草，保打光古董傢俱，寫兒童詩，閱讀，彈鋼琴，畫畫，做馬賽克，插花，打毛線，勾床罩，做蛋糕，給兒童做玩具，給盲人朗讀，幫我們這寫窮學生校對英文……等等等等。

瑪麗貝是萬能的。寡居的她把庭園和空房間整理出來，租給留學生。和窮學生共用一個廚房，一張餐桌，一個冰箱，一起躺在沙發上看電視。週末下午，學生們窩在地毯一角，瑪麗貝就躺在沙發上，枕著一本《紐約客》、《時代雜誌》，或當天的報紙，一起打盹。

說「出租」，不如說彼此有個照應。瑪麗貝的房租低到不能再低了，勉強與水電維修費用打平，還要倒貼一些。二、三十年來，房租統共漲過四十塊錢。還是學生們過意不去，自動給加的。

約法三章

住在瑪麗貝家，只有三條簡單的規矩：一，不准抽煙；二，廚房用完，恢復原樣；三，搬走時，負責介紹一個好同學進來。至於房間太亂，關上房門就行。房租遲了，從來不成問題。東西打壞了，「房東太太」會悄悄補上。

於是，我們這幫窮學生一住進來，就一直住到畢業，雷打不動，無一例外。大家在她屋裡吃飯吵架，熬夜趕工，悲歡離合，過著窘促歡樂的留學日子。同學中有人結婚懷孕了，乾脆在瑪麗貝家生起小孩，當起父母。瑪麗貝搬出自己孩子幼時的玩具，免費幫帶娃娃，好讓小倆口早日完成學業。同學的父母飄洋過海來探望孩子，就在瑪麗貝家免費打尖，一住數月。瑪麗貝又自願當起導遊，開車帶留學生的父母四處蹓躂，兜風看美國。

除此，瑪麗貝自願為「房客」們校對博士論文，糾正文法，檢查錯字，在留白處打問號提問。同學們畢業找工作，參加面試，她就用教幼兒園的方法，糾正發音，領著念三次。

我們實在不好意思了，就耍賴撒嬌，「瑪麗貝，我們每篇論文都是嘔心瀝血，腦力激盪出來的學術成果，妳學到我們的第一手絕活，可要付學費才行。」

瑪麗貝就假裝掏錢，附和道，「有道理。」

熬夜的日子，冰箱上常留有字條，一個箭頭小手指向冰箱把手，署名：「你們的美國媽媽」。

深夜不眠的研究生們，七手八腳刀叉奶油，邊吃糕點，邊說「美國媽媽」這個稱呼也太肉麻啦。一覺醒來，又瑪麗貝長，瑪麗貝短，要求下回換蛋糕口味。

咬住舌頭的哲學

這樣的瑪麗貝，跟我們這樣一群大驚小怪，一驚一咋，破英文爆表的外國學生為伍，實在也難為了她。

但瑪麗貝胸有成竹，自有盤算。她對年輕人的莽撞任性，不批判，不袒護，不八卦，不問不說，不給建議，一概「裝聾作啞」。年輕人之間的是非對錯，喜好偏頗，誰比誰如何如何，她都不置一詞。至於年輕男女之間的分分合合，眼淚鼻涕，瑪麗貝更是爐火純青，金口不開，從沒失守過一次。

「我覺得」，「我看」，「還好嗎？」，「要不要幫忙？」這樣的相勸、同情，或建議，從來沒在瑪麗貝嘴裡聽到過。她從不會「浪費」這樣的虛辭，日復一日，持續展現她「裝聾作啞」的長者境界。

如此置身事外，視而不見，簡直不合情理到叫人生氣的地步。我真心希望瑪麗貝的「沸點」能低一些，發個脾氣，表個態，或者訓斥告誡我們幾句，都是好的。但瑪麗貝吃了秤砣，立定主意對一切能產生「戲劇效果」的人事，一概「無感」。她不肯因為「滿足」我們，而降低自己的「高度」。

期待落空，我們只好自己看著辦。慢慢也學著她的輕聲細語，自愛自重，在茶飯日常之間有了分寸。

問瑪麗貝，如何修煉得此等「蓋世武功」？

她淡淡一句，「很簡單。咬住舌頭。」

多年成閨密

多年大風吹佛，四處遷徙之後，我隨著歲月漸漸長成一棵樹。能在枝頭高處與人相望應和，也能為過路的人遮蔭擋雨。因緣際會，因工作的緣故，我又回到瑪麗貝的城市。

此時，同學朋友都已散在天涯。唯有瑪麗貝那扇橘紅色的大門，還跟以前一樣。屋裡，依舊住著一群咋咋呼呼，眼睛發亮的年輕人。

此時的瑪麗貝，在我眼裡，已不再是那個「缺乏戲劇張力」，每天「咬著舌頭」的老太太了。在她不動聲色的眉眼間，我讀懂了她對世界的品評、幽默、和無語。當年那個「無沸點」的房東太太，對我，有了另一種高度。

我們成了如姐如母的好朋友，一起逛花園，看畫展，畫畫兒，插花，做陶瓷，吃飯買東西，成為無話不談的忘年「閨密」。平日，瑪麗貝與兒女聚會，總會邀我參加。我回臺灣，也請她同行。她光著腳丫，在南臺灣娘家的客廳走來走去，隨阿母到菜市場買菜，隨父親到小學操場練甩手功，坐在鄉間的大榕樹下跟老人們喝茶，到公園看小孩溜滑梯。

在我的父母面前，瑪麗貝完美演繹她的獨門絕活「咬舌功」，保守我的各種「祕密」，滴水不漏地維護我在父母心中的「形象」，包括我的果殼時代，我的越界奔跑，我無厘頭的翻打滾踢，和此刻不為人知的奇思異想。

我也投桃報李，在她的兒女面前，重複操練「咬舌功」，護守她無人窺見的「底線」。

鑰匙

但我心底那個還沒有長全的小女孩，時不時鬧著要出來耍賴撒嬌。一次，聊得開心，我心裡的小女孩鑽出來，跟瑪麗貝說，「妳的大門鑰匙還在我這裡。不如我搬回來，跟妳一起住吧。」

瑪麗貝立時笑開，說，「那我求之不得。但妳真願意跟我這樣的老太太為伍嗎？」

但隔天，瑪麗貝就反悔改主意了，「我想過了，妳已經長大成人。一個獨立的女人不能老想著在別人樹下遮蔭。妳想搬回來住，對我當然好，但對妳不好。」

說到做到，瑪麗貝當場收回了我那把鑰匙。

唯一的瑪麗貝

相識三十多年，瑪麗貝對我倆的友情，下過一個定義：「做父母很難。但妳跟我之間，也許可算是『理想的母女』吧。就年齡來說，我可做我的女兒，但妳不是。我也可以做你的母親，但是我寧願妳不是我的女兒。妳常來看我，告訴我妳在外面的見聞，我很高興。妳走了，我也並不擔心記掛，知道妳能解決自己的問題。這樣，我們既是好朋友，又多了一份彼此不牽掛的母女之情。豈不理想？」

瑪麗說這話時，已經開始失憶。

此後，她一天天走遠，孤獨地一路走向我不認得的國度和高度。她慢慢地遺忘了這個世界，也終於忘記了我。

這世上，我只認識一個瑪麗貝。

那個目睹我莽撞執意，看見我流離孤意，明白我浪跡尋覓的瑪麗貝。在我迸出果殼，迎向未知時，她給我她家門的鑰匙，為我壯膽，伴我行走天涯。在我怯懦不肯往前行走時，又收回那把鑰匙，督促我勇敢往前，走自己的人生路。

世上的「理想母女」一定很多，但我只認識一個瑪麗貝。

二〇一七、八、三

我的房東法官

五月天，藍花楹在高處，七里香在落眼處。陽光裡夾著清風，把紫藍、奶白、和它們的香氣一縷一縷編進天空。空氣裡有了紋路，陽光也一寸寸地香了起來。走在花香和陽光裡，如與天使同行。天使城裡，有天使來去，伴我經歷大千神妙。

以前，與「再看先生」（Mr. Zakon）見面，總約在校園和郵局的街角。

為什麼不約在茵茵的校園，卻要在車輛穿梭的街角見面呢？因為：「再看先生」拒絕踏進我的校園。他抗議：四〇年代二戰期間，這個校園的科學家費曼等人參加了奧本海默領班的「曼哈頓」原子彈研發工作。對他來說，這個學校等同「研發原子彈的老巢」，危害世界安全的始作俑點。其次，猶太裔愛因斯坦曾在這裡受過排擠，更是不容妥協的人權原則。這是再看先生「做人」的底線。

基於這兩大原因，「再看先生」就不肯踏進我的校園半步了。他甚至反對我到這個學校教書，揚言，以後不會再請我吃飯。

我哄著老人，說，「這學校離你家近，以後見面容易。」

他才咧嘴笑起來，漏出兩顆大門牙。

那時，他常請我吃飯。一家叫「滿洲虎」，是中餐館。另一家叫「海貝殼」，是義大利餐廳。吃飯時，他特別高興，總露出那兩顆大門牙。

再看先生是洛杉磯高等法院的法官。猶太裔，有全腦照相的記憶（他記得全部加州法律條款的數字和編碼），嗜讀中文版《世界日報》，個子瘦小（體重九十五磅），眼神如鷹（直勾勾），平日聳著兩肩，一副老鷹俯視，隨時準備俯衝而下，揪出人間惡人的模樣。他開一輛七歪八倒，滿目蒼狼的二手福特Pinto車（他厭惡資本主義經濟，駕駛技術離奇低能），無親無子，孤身來去。

因為太瘦，再看先生穿上法官黑袍出庭，袍子裡鑽風，左搖右晃。為了維持體重，隔三岔五要遵照醫生囑咐，喝大號杯奶雪（高脂牛奶、草莓、哈密瓜、加香草冰淇淋一股腦兒在果汁機裡混打），保住九十五磅的身軀。他憎厭甜食，喝奶雪如喝藥，邊喝邊給自己打氣，「這，我能對付。」I can take this one。意思是：人生沒什麼過不了的坎兒。

認識再看先生那年，我還沒畢業。他跑到學校來找中文家教，因為「想找個難點的東西，練練腦子」，系上把我推薦給他，成為「師生」。

時年七十五歲的再看先生，獨居在一個前庭後院的大房子裡。年歲漸大，想找個學生住進來，於是，我又成了他的「房客」。

此後數年，朝夕相處，如同家人。再看先生每天叮著我的學業和論文，嘮嘮叨叨，儼然父輩。多年間，我從寫論文、到找工作、就業、拿終身教職，每一步磕磕碰碰，他都拿那對鷹眼緊盯著我，時刻有話要說。

中文版的《世界日報》和英文版的《洛杉磯時報》送到家門口時，再看先生先看英文的《洛杉磯時報》，再看中文報。之後，兩相對照做成中文生詞表，標上發音、聲調，英文翻譯。晚上下班，吃完飯，他又蹙著眉頭，用力看上一遍。

如果我在，他就讓我給他「考生詞」。慣例是我唸一個詞，他說出英文意思，默寫出來。報紙上的中國地名人命，就這樣讓他蹙眉用力「全腦照相」複製出來。

好為人師的我，見他蹙眉，偶爾想為他提示，總遭他擺手制止。他堅持：「我自己來！」

早在我認識「再看先生」之前，「再看夫人」就因病辭世，兩人膝下無子女。妻子離世時，倆人有約：來生再見。所以他以「再看」為中文名。

有關我的日常起居，「再看先生」總用妻子的名義發言：

「如果Nancy在，她不會讓妳不吃肉的，至少要吃魚。」

「如果Nancy在，她不會讓妳吃甜甜圈。」

「如果Nancy在，她不會讓妳晚睡晚起。」

「如果Nancy在，她會建議妳，寫完論文再約會date。」

「如果Nancy在，她會要妳注意：約會性侵date rape！」

「如果Nancy在，她一定……。」

我沒見過「再看夫人」，但我的博士論文上有兩行字：「給我的守護天使：再看先生和夫人。」

我的書房在前院，再看先生住後院，平日各有各的天地。

再看先生時常出遠門，買了一把手槍給我，說，「妳在前屋，萬一有人闖進來，妳首當其衝。原則上，最好別殺人，但自衛殺人不犯法，萬一有事，我也能在法庭上保護妳。」

我要到中國去作研究。他塞給我兩百塊美金，說，「請妳的中國朋友去吃飯。」

他的房租特別便宜，但事先說好：「附近鄰居如果抱怨，到時候可能要漲租。」隨手給我一個大紅包，紅包之大，足夠我一次繳清全年房租。

我的博士論文幾經波折。他每天從法院回來，先到我書桌上看一眼，說，「這段重複了，上一章提過。不信妳自己看看某某頁。」

我博士論文答辯，正值他開庭。事先囑咐我隨時電話通報。接到我答辯過關，他當場宣佈法庭休息十五分鐘，電話裡要我把考試委員的提問重頭到尾復述一遍。

我初入職場。他請女同事帶我去買衣服，教我化妝。左右端詳，總結道，「有的人打扮得起來。有的人打扮不起來。」

我在職場上遇上麻煩，他嘆道：「這世界上什麼人都有，要學會鐵腕戴絲絨手套（Iron fist

in velvet glove）的藝術。」想想又說，「算了，不指望妳了。」

問他，「為什麼願意幫我？」

再看先生說，「因為……妳跟我一樣，對這世界毫無辦法。」

後來再看先生退休了。

他形容自己的生活：「報紙來了，就看報紙。郵差來了，就拆信。太陽照進來，就曬太陽。時間到了，就吃飯。天黑了，扭開電視看拳擊賽。看他們個個打得鼻青臉腫了，我就可以上床睡覺了。」

「身體還好？」

他說，「不錯啊。除了青光眼要開刀，牙齒壞了要補，生命一切美好。」他報告。

「還看《世界日報》嗎？」

「用放大鏡。」然後意味深長地說，「問題是，我怎麼就找不到女朋友呢？有錢，有房子，有地位，卻找不著女朋友。問題到底在哪兒？」隔著三萬八千里，我都能想想他那表情之嚴峻，鷹鉤鼻之鉤，和臉上堅決的疑惑。

我說個「老人與紅顏」的笑話給他聽：「從前，有個七十九歲的老富翁，娶了個十九歲的紅顏美人。人人都咋舌，問他，你是怎麼辦到的？老富翁說，很簡單，我告訴她，我今年九十一了。」

兩人哈哈一笑。

校園的入口處，有個方向盤一樣的指標。順著指標往上走，是玫瑰花臺，橄欖樹，拱柱迴廊。廊柱上爬著小蛇一樣扭曲的希臘常春藤。走過噴水池，圖書館，下坡一片橡樹地，烏龜池。再往前走，就是是橄欖步道，當年愛因斯坦單車來去的地方。

一代代的年輕人來了，又去了。不少諾貝爾獎得主，科學大師們在此來來去去。這個校園依舊平實，沒聽說什麼戲劇性的故事，也看不見什麼奇花異草，每個花圃，每片草坪，每樣東西，每個門把，卻在良好運作的狀態中，隨著時序往前走。

以前，碰上了麻煩事兒，甚或夢中出現緊急狀況，「再看先生」總會適時出現，幫我出主意，或在夢境中，領我離開泥澤之地。一次，夢中的我把越野吉普車開進了泥潭，再看先生突然現身，撈起法庭黑袍，一邊在車後使勁推拉，一遍喊一、二、三，踩油箱！還有一次，瘦弱的他，抱著一支輪胎，遠遠跑過來幫我換輪胎。

現在，偶爾碰上了麻煩事兒，我還是會想起再看先生。如果他還在世上，不知道會不會改變主意，走入校園來看我？

想念我的天使，如同想念自己的父親，在藍花楹和七裡香的季節。想念那句，「我跟你一樣，拿這個世界毫無辦法。」

二〇一五、五

等待果陀的日子

有人說，七〇年代，臺灣是喧囂的，八〇年代，中國大陸獨領風騷，九〇年代，繁華盛事轉到香港和海外，而二十世紀九〇年代以後，風水又轉回了中國。

九〇年代初，我在美國求學，目睹「中國學」在美國學界的盛事繁華。那是一段口沫橫飛、奇思妙想的日子。有知識旖旎，草莽魯撞，有相知相遇，有磕碰酸甜，更多的卻是那場讓人追想的風雲際會。

二十多年後，舊識好友分散到世界的各個角落，各有所歸。再見面時，亦今亦昔，亦私亦分。公務的空檔，老友們交換著星星一樣的記憶，年少時的生澀窘態都成了甘醇酣暢。

潘朵拉的盒子，輕易不能打開，否則盒裡的精靈都要翻飛作舞，不肯歸位。

果陀

回想起來，那時候的朋友們，和我自己，都似乎在等待著什麼。到底等什麼呢，自己也並不鬧不清。大概是等待果陀吧。果陀，來還是不來？什麼時候來？果陀是「誰」？

眼神、呼吸、腳步都聚焦在漫長的等的一刻。荒誕躁動，把那一個凝聚的時間和空間層層疊疊，演繹出萬花筒裡一般的斑斕。我們來回張望，一來一回之間，成就了每一個白天和夜晚。

當時只知道期待，後來才知道，那「果陀」，其實就是一陣大風啊。把我們一個個席捲入空，東西南北調配好了方位，再挨個兒發送到該去的地方。去完成各自人生的功課。

大風吹得人渾渾然，只有重新落在地面，事後意會，才知道：果陀已經來過了。

五音五色

剛進美國校園時，我的分分秒秒都激動亢奮中度過。那時候沒有電子書，大家背著沉重的書包橫衝直撞，不肯放過任何一場演講，任何一個傾聽新名詞、新理論的機會。

文學界正值拉美魔幻寫實的文學風潮吹拂，馬奎斯《百年孤寂》的書寫風格眩惑人們說話和寫作的方式。人們警覺到：說故事，寫創作，都只能在自我意識的範疇裡進行，所有的書寫，只能是敘述自己的觀點，而不是真實的外在世界。批評家們開口必然魔幻，閉口必然遊離。眾人心心念念都是寓言，真實，虛構，邊緣和自我意識這樣的說法。

在西方理論流派和思潮上，解構主義對形式結構主義發下戰帖，大刀闊斧把「真實」這個東西肢解了，五臟六腑橫七豎八懸掛在字裡行間成為學術論文。流行的說法是：「真實」沒有「合法性」。女性主義志在顛覆父權，驚世駭俗宣稱「性別不是一個」。換句話說：「男人裡面有女人，女人裡面有男人。」後殖民主義挑戰第一世界的優勢，使出渾身解朮要擺脫「西方他者」的「主體性」控制。「邊緣位置」瞬間成為優勢。

此外，與解構主義理念並行的是重新出土的巴克定，提出眾聲喧嘩的文化嘉年華小說。拉岡心理分析不斷以文字的多重意義和「照鏡子」理論，解說人類心理深不可測的詭異性。還有傅柯之挑戰「權力」。羅蘭巴特之書寫理論，李歐塔之後現代情境。

「理論」這個玄而又玄的東西，化身成為有血有肉的巨人，橫行學界，驅趕指使著「學者」們。我游擊隊一樣，東跑西竄，貪看萬花筒裡的荒唐和絢麗。史特勞斯，班雅明，傅柯，布迪厄，阿圖塞，托鐸洛夫，沙特。癡迷到恨不得把學術理論一把全抓過來，塞進嘴裡嚼個稀爛，吞進肚子了事！

每一天結束的時候，我自以為理會了某些新名詞，讀懂了某些當紅理論而沒頭沒腦地高興。聰明人腦子裡那些絢麗多變的活動，讓我沉迷，以為世上最震撼人心的樂章妙音也莫過於此。夜裡在極度的疲憊和期望中，在攤開的書堆裡睡去。

當時到底學了什麼？事隔多年，總要用力回想，才說得出一些細節名堂。不需要回想的，倒是那隨著學術的波浪浮沉起伏的暈眩和迷蒙。此刻仍然歷歷如在眼前。

五音五色讓人心發狂，大概「學問」也算其中一種吧。像追星族追趕星辰，因為它的悸動和神迷。

校園腦子

早在八〇年代初，美國校園裡就慢慢出現了國內來的研究生的影子。一開始看見的年紀比較大的老學生，多半都是公派出國的科技人才，穿著衲底黑布鞋，簡樸的藍黑布衣。後來，慢慢地有了神通廣大的資優生，得到美國大學的獎學金「自費」留美。

九〇年代，國內知識精英一波一波堅定持續地直奔美利堅。校園裡開始有了各種不同的口音。原來占多數的臺灣國語，慢慢讓神祕輕軟的上海話，滾著舌頭老爺晃蕩的北京腔，含蓄溫雅的南京語調掩蓋過去了。

學術會議上也出現了新奇的臉孔。晶亮的眼睛，瘦長的臉孔，零亂的頭髮，臉頰上的兩道紅暈，滔滔雄辯的千寸不爛之舌，浪濤洶湧的風采，吸引了所有人的目光。我親耳聽過美國教授低聲問道：「這些人從哪裡來的？這麼聰明好看！」

原來，這些知識精英都是經過上山下鄉的磨練，又在各次、各種、各樣、合理不合理的刷洗淬礪中，拔尖躍進美國學校門檻的。每一個人身上，都有說不完的故事。我也因為見證了如此龐大數量的聰明「腦子」而兀自歡喜。

鴨子精神

九〇年代，文學的臺灣留學生並不多。因緣如此，我和國內來的文科研究生遂往來頻繁，結成戰友。每天追趕著西方大師們的思潮理論，像是學問的飢渴，也像是追星族的癡迷。

戰友們對理論知識的執著可以以革命熱情來比喻。他們個個口若懸河，分分秒秒「現代化」、知識份子的社會責任，口口聲聲先鋒派，毛文體。我聽得腦皮發脹，恨不得立刻立刻生出一隻廣長舌，不為度化眾生，只願唇槍舌戰，張羅出胸中塊壘的女知識分子模樣。

圖書館，咖啡館，是我們流連的地方，我們在那裡生吞活剝著各種文章書籍。每一天的疲憊和壓力下面，是我們的恣意、快樂、和放肆。

深夜是戰友們互相問候求援的時刻。我們喜歡誇張自己的窘境，大咧咧把最狼狽的樣子敞開來讓「戰友」見證。在「酷斃了」和奄奄待斃的模糊地帶，彼此傳送同窗難友的溫情。

典型的對話是：「還活著嗎？」

有深情的鼓勵：「沒事。死豬不怕開水燙！」

有霸氣的護短：「臥榻之側，豈容他人酣睡！」

還有真誠的忠告：「不能翹課。這不是挖肉補瘡嗎？」

我們以「鴨子精神」為最高楷模：「你學學人家鴨子！腳下死勁滑水，上面多逍遙優雅啊。」

再來就是「死馬當活馬醫」的金科玉律。還有，「人家毛主席說了：堅持不下去的時候，堅持，就是了。」

每星期有一次最高興奮點：三兩戰友約好了到附近一家中國人開的廉價自助餐店吃飯。三塊九毛九的自助餐。三樣菜色，附送白飯和炒麵。店口就是加油站，酒店，洗衣店。各種膚色的人來人往，乾熱的風沙，眩目的紅綠燈。

我們和越界而來的墨西哥勞工，各種膚色的流浪漢同堂共食，享受豐盛的享宴。人人口沫橫飛，嘴裡一片咂咂響。

就是在這段時間中，我不自覺地也捲起舌頭，說「普通話」了。

吸星大法

九〇年代初，洛杉磯的學界迎來了一個風流倜儻的風雲人物——號稱有「吸星大法」神功的李歐梵先生。大家都知道，李先生隨便往哪處山頭一紮營，必能聚攏山水靈秀，英雄俊傑，各門各派的風雲人物都會現身在他山寨門前。

當年李歐梵先生從芝加哥移駕洛杉磯，號稱「學術地圖大遷徙」。都說，洛杉磯就要掀起新的學術風潮啦。亞太文化的溫床，中國研究的不二之地。

戰友們二話不說，一古腦全拜在李先生門下，前呼後擁，做起了隨伺在側的小跟班。如此數年。

過客

話說天使城，是個新移民聚居的地方。有一個字戲稱：FOB，Fresh-off-the-Boat，船民越海而來，身上帶著海腥味兒和土氣。天使與船民，共同造就了加州大地的人文景觀。

李歐梵先生初到洛杉磯，遠遠近近的天使和船民都現身了。先是芝加哥大學魯氏基金中國訪問學者聯袂來訪，劉再復、李陀、黃子平、許子東。然後是王曉明、汪暉、吳天明、胡金銓、賈平凹、北島、高爾泰、歐陽江河、阿城，一波接一波。各路人馬，作家，導演，學者，藝術家，音樂家，舞蹈家，評論家，都是這裡的坐上賓。此外，更有一些神祕的身影，雲彩一樣悄悄來去。可能是一個中國城餐廳裡打工洗盤子普通人，也可能是暫住在朋友家的一個過客。他們出現在學生聚會的場合，大家看見他們的談笑風生和學養魅力，私下竊竊私語。

原來，八〇年代以來，洛杉磯早已經是兩岸三地各路人馬交匯，臥虎藏龍的地方。可別小看這些ＦＯＢ，中國城、小臺北附近，那些一條牛仔褲走天下的，頭髮黏乎乎蓬草一樣，大街上咬著牙籤如入無人之境的，灰頭土臉在十字路口左顧右盼的，高速公路上老爺車一路匡朗朗響，隨時要解體的，可不能大意啊。不定就是那個響當當的人物呢。破舊公寓樓梯邊，側耳聽聽，那只有頂級音響才放得出來的古典音樂！

洛杉磯的旱熱草莽，綠茵優游，成了「老中」們的場域，任我們恣意張揚。我開始「惡補」當代中國歷史，拿以前歷史課本上的點點訊息對照身邊或坐或躺，或冷峻或憨笑，或搔頭或憤懣的好漢遊龍。那些星星點點的歷史訊息，慢慢漲大，成了一片3D動畫片，在我眼前播放演出。鏡頭寬廣，把當時的我們也收納含攝了進去。

天使之城，原來生猛。

哈哈鏡

校園裡的戰友，校園外的天使，臺灣的留學生，國內來的尖子。大家開始彼此照鏡子。

校外的天使和游龍們最愛哈哈鏡。拿哈哈鏡四下一陣檢視：「哎唷喂！聽聽臺灣人這普通話說的！我耳朵都發酸。」

「臺灣人怎麼一點史感都沒有啊！歷史都怎麼讀的？」

「國民黨就是不行！」

「你們臺灣人傻乎乎地整天晃蕩，有沒有人生目標啊？美國白來啦？」

「怎麼我出來這麼久，就就還沒看到一個真正的臺灣知識分子啊？」

我也亮出哈哈鏡照人：「大陸人吃飯拿筷子往人臉上比劃，噁心不噁心？」

「吃自助餐，碗裡都堆成小山了，還沒命地拿，你們也好意思！」

「先當人，再當知識分子，行不行？」

「邋遢不等於風格，洗了臉再來說話！」

戰友調侃我：「臺灣人，文明著哪！民國時期，人家搞新生活運動嘛。」

一次，大家閑坐無事。有人跑到我面前來照鏡子：「噯，我說你們臺灣人，你們覺得我們大陸人怎麼樣啊？」

我不假思索：「不文明！」

一群人都樂開了，哈哈笑成一團。

自此，我得了「民國人」的諢號。見我走過來，即說，「瞧，民國人來了！」

戰友們其實非常溫情。幾天不見，他們就要大驚小怪，「民國人！你可上哪兒去啦？全體勞動人民都找你不著。」

我第一次一人到大陸做研究。戰友們都來提醒我：「實話跟你說吧。我們大陸人壞著呢。你下了飛機，有人讓你跟他走你可千萬別去啊。你們臺灣人哪知道我們的厲害！」

大風吹

校外遊龍，校內留學生，裡應外合，過了難忘的數年。

九〇年代中期，李歐梵先生轉戰美東，入駐哈佛。我和師兄妹拜別洛杉磯，隨師東去。戰友們也先後完成學業，轉往美國他處校園，成為新一代的中國學者。

中國的市場經濟開始向海外世界招手了。廣闊的天地和舞臺，擦身即冒出火花的商機等著遊龍們再顯身手。羈留異域的天使游龍慢慢往國內試探他們的腳步，隔不了幾年，大半都奔赴家園。拍電視劇的，寫劇本的，開傳媒公司的，做電視節目幕後製作的。有的加入影視流行文化的行列，有的遊走兩岸三地成為文化藝術的幕後顧問和策劃人。

各行各業，一番新的景象。

天使之城的故事，告一段落。

金蟾羽翼

幾次大風吹送，此後，我在多處山頭駐足，觀看各式風景，參拜風霜雨露。最後，大風停息，我落腳一看，竟然又是洛杉磯。

此刻，戰友和游龍們早已金蟾脫殼，人去樓空。在偌大分散、人潮晃動的天使之城，偶爾我還會拾到一片金蟾的羽翼，或者一個閃爍斑斕的空甲蟲殼子。一看，才知道是戰友遊龍們離去的時候，褪下來的金蟾殼。

果陀來過了。

二〇一〇、五

高速上路天使城

天使城日光揮灑海岸，蒼巒草木搖洩著金色。但生活在此的人知道，這是個高速、重金屬的城市。

職場歲月多年，我與我的鐵甲怪獸相伴，在高速公路上日出而作，來回七、八十英里。一大早，高速公路上就擠滿了卡車，私家車，上班車。夜間，車身在路面上摩擦，在夜幕裡拉出一條條流金亮光，劃出萬象森羅的許多故事。

有時，油價飆高到四美元一加侖，上下班一趟來回，要燒掉十美元汽油。在綠色地球上留下愧疚的高碳大腳印。

沒車就沒腳

天使城幅員遼闊，如果有人告訴你，某個地方大約十分鐘可到，那當然不是腳程，而是車程。城鎮之間來往，動輒十里二十里。且因軌道交通、地鐵系統不發達，每個人都靠汽車行動。新移民也常掛著一句話：「沒車就是沒腳。」

二次大戰後，福特公司產出便捷家庭用小汽車，受到歡迎。年輕人在市區工作，卻喜歡住在環境開闊的周邊城鎮。週末爬山郊區，海灘戲水，只要半小時就能靠四通八達的公路系統，去到目的地。

可惜，這樣的城市規劃，因二十世紀下半移民潮的到來，徹底打亂。來自亞洲、墨西哥、越南、東南亞、世界各地的移民、難民、留學生、非法勞工，企業資金，齊齊擁入加州。大洛杉磯幅員一再往東延伸，交通流量翻倍，原來三十分鐘車程迅速變成一個半鐘頭。上下班時間，交通阻塞車流吞吐，剎車燈一明一滅。上下班通勤族坐在高速車道上，嚼口香糖，靠收音機裡的「抗噪駕駛音樂」Anti-Road rage music安撫情緒的。

初到加州時，很嚮往飛車的滋味。直到一個二十英里外打工的機會，才把我半推半送地推進了高速上班族的行列。日日穿行諾大的城市，巡禮墨西哥人的草莓園，充滿香料咖喱氣息的小印度，眼熟零亂的華人區，四處塗鴉幫派鬥狠的社區，當然還有地價千金的海邊別墅。後視鏡裡閃過山頭蓋雪、路邊水壩石堤、發電廠蓄水池。

高速收音

高速公路上，塞車等於吃便飯。

大家沒脾氣地坐在高速公路上，一齊聽收音機。這時，廣播節目一般以輕柔音樂為主，偶爾也有脫口秀主持人接聽聽眾電話，也好安撫平息瀕臨崩潰的駕駛人情緒。

在高速公路上，聽到過不少美國故事：美國母親與懷了孕的中學生女兒傾情對談的淚水和泣訴；白領工程師自訴流浪街頭，無處可去的人生；年輕有成的建築師夫婦與智障孩子教養的掙扎。抽大麻的資優生談名牌大學宿舍裡毒品的供銷內幕；白人小女孩跟大胖黑人保姆長達三十年不棄不離的情感；幫派老大放棄黑道生涯收養流浪犬的始末。

最愛聽的，是一個非裔財經博士主持的財經脫口秀。

這位財經專家呼籲：「美國人，沒有錢的時候，不要過有錢人的生活！美國人，我們都是大笨蛋嗎？因為我們笨，因為我們不動腦子，因為我們以為可以一分錢不賺就可以有房子轎車遊艇，因為我們以為貸款，刷卡可以解決一切問題！美國人，不做「白色垃圾」white trash，可以嗎？」

他推出一個幸福生活公式，叫「七步路打造幸福生活」，目的在鼓勵教育美國民眾走出信用卡借貸的惡習，打造個人小康：「在我們還沒把下一代拖下水，在我們還沒讓債務把全美國吞掉之前，我們拯救自己吧。」

七步方程式：

第一步：先存一千塊錢應急錢，以備不時之需。

第二步：一點一點，以滾雪球方式開始還清信用卡債務。
第三步：定出計畫，存一筆足夠三到六個月開銷的錢。
第四步：每月固定存下收入百分之十五，作為退休基金。
第五步：定期為孩子存教育基金，讓他們上大學。
第六步：儘早還清房貸，絕不二次房貸。
第七步：讓存錢成為生活的一部分。投入慈善活動，樂於分享。

塞車塞到沒脾氣，收音機聽個夠。聽完這部幸福公式，車流也差不多該疏通了。此時，大家一刻也不能再等，油門一腳到底，衝浪般在高速的公路上馳騁起來。

俯衝來去

近年，T和我不時在天使城與灣區來回。單程三百六十英里，每星期開車來回。沿路風景路標都讓我們記熟了。

沿聖蓋博山脈下的二一〇號高速公路往西，車行七十英里，穿過疊嶂蜿蜒，黃石乾草的山區，眼前開出一片墨藍靄靄的平原，就出了大洛杉磯腹地。再往前行一百英里，有一個養牛場，此時要關掉車上的風扇空調，避開農場四散的異味。到一百二十英里處，有星巴克咖啡。一百四十英里後，平沙漠漠，景致全無，連員警巡邏也很少見，如此連續一百多英里，路上每隔六十英里，設有休息站。我們以大鷹之姿，俯衝到兩百八十英里處的Santa Nella的小鎮，在這裡歇腳，喝一碗著名的古早味青豆湯。之後，目的地就「在望」了。

射手座的T，熱愛野馬奔騰和各種版本的地圖，熟知每條公路的曲折、休息站，植物。公路號碼也是他自小會背的：一一〇、一〇五、二一〇、一〇一、四〇五、七一〇、六〇五、一三、二四。三位數字的，是南加州的路。二位數字的，是北加州的路。這是因為北加州的公路建得早，南加的公路建得晚。

T靠旅行擴展視野，蓄蓄能量。在高速中，收聽一場接一場的職棒轉播，手握方向盤，有嘆息有歡呼。

行車中，我戴上耳機，調息靜坐，作大雁冥想。以奇幻的漂流速度，在天空與大地間低空滑行，撫摸羽翼下的風力，感受行僧腳下石塊的溫熱。一場場流線、奇幻、凌空的飛行，貼身擦過山頭、海域、奇石，漠漠平原。陽光、雲霧、風雨、砂石、飛蟲，一一過眼，有溫度、色調、溼度旖旎變化。

下得車來，我們像是太空人剛自外空返回地球，重新接受自己的身體，空氣，樹木，和大千世界。《易筋經》洗禮，重得人身。

二十一世紀，大陸遊客湧入美利堅，以超英趕美的豪情體驗「自駕遊」。加州各大中文書局出現了一本叫《加州自駕全攻略》的暢銷書，把駕車橫越美洲大陸的壯舉形容為：「簡單、粗暴、效率」的最佳戶外活動。大有蒙古大軍橫掃歐洲之勢。

高速公路上，是超金屬，超速度，超冷酷，超吶喊的，卻也偶爾平順柔軟。

凡此，對天使城中的人來說，也許只是農夫荷鋤，日出而作。

二〇一四年九月

時差

飛過太平洋，要十三、四小時。

所有的活動被壓縮成吃、喝、上廁所、睡覺這四件事。窗外雲朵飄動，窗內耳膜嗡嗡。杯盤飯菜湯水給端到了天上，大夥兒在萬丈高空窩著膀子縮著頭，吃起雞肉飯，或者海鮮麵來。難免要傾倒一點可樂，潑撒一點飯菜。難免要在廁所裡磕一下頭，撞一把鏡子，在走道上絆一腳。

旅途中可以看見形形色色的妙人。美國人喜歡穿牛仔褲旅行，肩膀一扭背包往地上一甩，隨處席地而坐、而盤腿、而臥、而躺。國內的乘客最懂得享受旅行，呼群引伴，嗓門響亮，大公無私地交換著馬路消息，必吃的必買的都有學問。香港乘客動作快捷，不多嘴不管閒事，英國紳士風加上中國弟子的識實務。偶爾有溫州福建地方的移民商人，嘴裡句句振聾發聵的移民人生，闖蕩和警句。臺灣越南乘客較多「乖寶寶」，給飯吃飯，給茶喝茶，關燈即合眼，拉毛毯睡覺了。

當研究生時偶爾坐飛機，總是很興奮的。因為多半是去開個什麼會，發表個什麼論文。打學術之名，心心念念想著異地風光，學界麗人等事。冬天在美國新英格蘭，研究生們灰黑的裝束，隨意圍上一束法國圍巾，腳下卡達卡達的小靴子，手上握一杯熱咖啡。學術麗人們啊，那麼疲憊，那麼折騰，那麼有型，那麼不能忍受平庸。他們磨損的皮革書包充滿了學術的魅力。他們銳利的目光掃過，能把人的腦波看透，掃描存盤。

初出校門的那年，同學們紛紛在北美洲各地應徵教書工作。早春隆隆大雪的季節，新英格蘭地區麻塞諸色州，肯乃迪克州，青山州，中部芝加哥地區，西北部的奧瑞崗州，機場屢屢因暴風雪關閉延誤。旅客被安置在機場附近的旅店過夜，等候隔日的班機，是常有的事。大家拖著行李，在冰雪夜色中排隊等接駁車，漫天飛雪，伸出舌頭來就能銜一片雪花入口。

飛機上的風景日新月異。這幾年，飛機上常看見出國念大學的孩子，寒暑假回家，都由父母送到機場，百般的呵護和溫馨。女孩兒們穿百搭短裙、護腿、皮靴。新潮包包裡往往不乏精品時尚的東西。3G手機閃亮小吊飾，蘋果超薄筆記計算機，名牌護手霜，保濕噴霧化妝水。一次，我被一個教養和品味都很好的漂亮女孩吸引了，享受了一路眼福。女孩十指彩繪，落坐之後先卸下隱形眼鏡，再細細擦完護手霜，把自帶的折迭小凳子放在腳下，抱著小枕頭小毯子，打開計算機。一路上，她看了王力宏的《愛情通告》，又看了馮小剛的《非誠勿擾2》。隔著走道，女孩邊上有幾個男乘客喊，「喂，空服員，拿撲克牌來，我們要打牌！」也可能有中年旅客換上全套睡衣，刁著牙籤在機艙裡串門子。一個小區裡左鄰右舍叔叔阿姨，大人小孩的景況。

一個來回

太平洋上一個來回，落地時從飛機上帶下九個小時的時差。

一般來說，往東飛行（比如亞洲飛美洲），調整時差難。往西飛行，調整起來相對容易。科學家說，這是生理時鐘的緣故。

專家估算，平均每三個小時的時差，要用一整天的時間來調整。九小時的飛行，大約要三天。意志力強大的人，也許靠著意志力就能跨越生理時鐘，很快跟上當地的作息秩序。有睡福的人，或許可以把九個小時乾脆給「睡掉」。總之，調整時差像是孃孃生孩子，別人是幫不了忙的。

克服時差最有效的辦法，據說是要：達目的地後，立刻跟著當地時間作息，白天不睡覺，晚上不熬夜，該吃、該睡都按規矩來。關鍵在午後時間。夏天的陽光白亮晃眼，弄得人呵欠頻頻，淚水汩汩。眼到之處，不管是屋角蜘蛛網，或是窗下蟲飛屍，都變得特別扎眼。一不注意力，瞌睡蟲就飛來眼皮上安家。真可謂：叫咖啡不應，叫濃茶不靈，哎呦喂呀我的媽。

說說這個暑假剛結束飛行的我吧。

第一天回家。搬出抹布、水桶、掃帚、拖把、紙巾、清潔劑、噴霧劑、雞毛撣、吸塵器，來對抗睡蟲。屋裡小踏墊全攏到一起，靠背餐椅倒扣上桌，茶几翻上沙發，地板清空，吸塵器呼嘯。整個屋子充滿了鬥志。

T卻明顯「不是他自己」（not himself）。龍鬚眉，鬍鬚渣，都大走樣。

我笑他。他說，「有點同情心好嗎。」

遞給他一把灰塵撣子，「勞動一下，能提神。」他說，「不要。」

「出去走一圈？」他說，「睏死了，還讓人走路。」

「躺半小時？」

「一躺下去，就明天了。太墮落了。」

T是死硬派，凡事較勁，死撐到底。一會兒，他說，「別掃了，吵死人了。」完全「不是他自己」！

第二天。T是他自己了，輪到我「不是自己」。

天色未亮，早早就醒了，四處墨黑，我卻思路活絡，精神飽滿。摸來手機看一眼，赫然地：凌晨一點半。

這種時候，是絕對不能起床的。我堅定地，度秒如年低，睜大眼睛，躺在床上跟時差這檔子事周旋。

雖成功地以意志力堅持到天色微明，卻也迎來了瞌睡蟲。此次，蟲輩們來勢洶洶，不費吹灰之力，就順利拿下我的「精氣神」。

整個上午，我以「非人」zombie的模式，進行著「人」human的生活。熬到午餐時間，連「非人」也做不成了，在毫無選擇的情況下，棄甲繳械，投身大床和大枕頭的懷抱。

觀音佛祖阿拉基督上帝瑪俐亞，天地不仁，區區心願，讓草民小睡片刻？

T在大床上找到我的時候，已完成了他當天一大半的工作。他毫無懸念地，同情心讓狗給吃了地，把我從「墮落」的被窩裡拉出來。他怒目金剛一般斥喝拯救我，「這時候睡覺，時差哪天才倒得過來？」

我被勸導、被奴利誘、被說服，最終被挾持到紅木林子裡，以非活人的狀態，快走三英里。

天生異稟

話說，天下之大，人才滿地。

在飛機上碰見過的一位小胖哥，就是個天生我才。

這小胖哥的超大體積和靈活柔軟度，非常人能及。甫上飛機，他以超大鰻魚地靈巧，順利卡進三人座的中間位置，笑咪咪地告訴我，「中間位置對我很合適，因為我不上廁所，不吃飯，不進出，不擾民。」

空服小姐來了，小胖哥雙手合十道：「小姐，謝謝您，我不用餐，待會請不要叫醒我。咖啡泡麵也不要，謝謝您。」之後熊抱雙臂，頭抵小枕，就此沉睡起來。十三小時中，他徹底冬眠了，不但滴水不入，而且滴水不出。不看電影，不聊天，不看書，同一個坐姿，直抵美利堅。

下飛機前，小胖哥又以大鰻魚的靈活和柔軟，上了一趟洗手間。回來時，他已刷過牙，噴過臉霧，擦過面霜，上過髮蠟。其神清氣朗，其口齒留香，比空中少爺只有更多，沒有更少。

小胖哥說，「我適合旅行。我老闆看中的就是我這點，跑業務，走南闖北一個月三、四趟，沒問題的。我老闆的兒子就不行了。飛機上睡不著，那哪行？」

這叫天賦異稟。天生我才，必有飛越太平洋之用。

二〇一五、七、廿三

走在學術邊上

學術界，是一只八卦爐。由一位太上老君看管，讓六丁神火日夜燃燒，從不熄火。

來到八卦爐前，不論是孫悟空，還是豬八戒，無論金身，木身，還是泥身，一概要進到八卦爐內，接受熬煉。燒他個七七四十九天，天昏地暗，日月無光，金木水火土一概燒成火眼金睛，周身不壞。再依體形樣式，逐一澆上金湯，成為「發光的金子」。

之後，太上老君就會打開八卦爐，讓修煉成功的「發光的金子」，走向人間，發光發熱。

如此八卦爐，生存祕訣只有一個：熬。

熬得住神火嫵媚，日夜吻舔，耐得了金湯淋身浴火，就八九不離十，能成金身。

一、校長大人

八卦爐邊，不時迸出火星子。且讓我盤點一下。

先說我的一位校長。

這位校長，擅說黑色笑話。

一天校務會議，校長發言：「據我觀察：學術論文成果越多的人，屋前的草坪就越黃。」

此話一出，全體教師哄笑數波如浪潮，連那最不苟言笑的系主任也調整坐姿，掩嘴而笑，大大地被搔著了癢處。

同事們互相打趣：「別太迷戀草坪啊，校長先生不喜歡。」

你也許要問：草坪何罪？學術人何以為癢？

首先，認真的學者，理當五穀不分，四時不察。不聞花香，不見草綠，人間煙火之事一概無動於衷，只管腦裡發大水。

其次：身為智商「不規則」的「非常人」，學術人默默期許自己：「我不正常，我驕傲」。這是學術人既得意，又水仙花情結的「發癢之事」。其中妙處，也許只有頂過八卦爐的「非常人」才能識得。

可天算不如人算，不久後，我的這位校長卻思路一轉，關心起大家的「正常性」來。開會時，頻拋另一個發癢議題：「學術研究之外，大家都有些什麼嗜好？」

殊不知，奇技淫巧，玩物喪志？

堂堂學術人，以「嗜好」為恥。

二、開會

說說開會。

開會，是個體力活兒。

參加會議的人，也許意在尋找機會，也許是為瞻仰高手風采，也或許是想為神聖學術殿堂，貢獻一己之力。勝出者或躍上擂臺，一顯身手，從此打通學術筋脈，成為學術武林中的一尊。

一般開會的流程是：第一天：眾人熱情高漲，語氣鏗鏘，眉宇之間滿滿的「一往情深」。午飯過後，腦力活動進入白熱化模式，有人開始眉頭打結，也有人開始搔頭抓耳，偶爾也有面色轉白，走音夢囈頻頻點頭的。（這都是正常的。）

第二天，大家的窄裙和西裝都添了些皺摺，領帶圍巾也都歪斜了一些。午後，開始有人「不見了」，也有人悄悄換上了牛仔褲，挑後排位置坐下，把高跟鞋脫了。這牛仔褲是個神祕的符號，在很短時間內就會引起骨牌效應。於是，大家有志一同地，「站沒站相，坐沒坐相」起來。

此時，我的筆記本已經抄滿了各位高手的聰明話，各頁留白處也都畫滿了小人頭，古裝的、西洋的、曲線、三角、抛物線穿插其間，再無一處可以落筆。我單純的心思，卑微的心

意，此刻恢復到「官能模式」，心心念念：拜託，能讓我吃點東西嗎？

如此這般，熬到晚宴時刻。眾人終於從緊繃的會場放風出來，成為愛吃愛笑的正常活人。

三、麗人

學術晚宴。

身旁來了一位美麗女孩，中日混血，中文名字就叫「美麗」。

「美麗」出生在美國，卻說得一口標準閩南語。原來她是摩門教徒，曾在臺灣佈道兩年，之後教了六年中學，重回學校當博士生。

會議中，她雲髮攏起，髮絲輕垂鬢邊，露出舒展寬亮的兩道眉，一身烏鴉黑衣，黑框眼鏡，發表對「王昭君和邊疆外交」的解讀。美麗一邊說話，

一邊把食指放在嘴邊咬著。美麗跟很多研究生一樣，喜歡咬指甲。

她身上有日本爸爸的沉靜，臺山媽媽的篤實，美國女孩的氣壯，和摩門教徒深入民間，席地而坐的隨俗。

美麗座位另一頭，是一位北京女孩，俏麗短髮，眼鏡晶亮，因為緊張，她習慣直盯著說話的人。這女孩漂洋過海，隻身異域，先後在香港大學，加州大學，和史坦福大學唸書，最後，選擇了偏冷的文科作為終身職志。也許因為走過同樣的路，知道外國留學生在文科領域的煎熬，我對這位北京女孩不覺起了一分憐惜。

北京女孩的對面，是位很酷的歐洲裔白人女孩，來自肯塔基。從小鐘情文學，並沉迷科普。她的丈夫是一位數學家，兩人高中就同校，一起到普林斯頓上大學。她說現在研究的題目是科幻小說，大家都笑起來，簡直「捨我其誰」啊。

我對面坐著一位巴塞隆那和伊索維亞混血的女孩，因為父母酷愛民俗音樂，鐘情劇場，她自小受到薰陶，現在研究一九五〇年代的中國戲劇。

T身邊的男學者，是牙買加和美國的混血兒，一頭棕黑卷髮，橄欖亮皮膚。一開始以為他是義大利人，但那純淨的牙買加笑容，別無他處可尋啊。偏偏一口標準中文，玩樂團，愛藝術，讀小說，出入臺海兩岸，對臺灣的美濃窯，客家歌曲，香港的銅鑼灣，北京的八里屯，樣樣熟悉。

T是所謂的white male scholar（白種男人學者），會場上，大家稱他為「高手」，但在彩虹譜系多元文化當道的隊伍裡，他的顏色檔次卻「大大落後」了——原因無他，「太白」too white而已。

T於是搬出我當擋箭牌，替我演義「多彩」的家族故事：贛南客家的耕讀傳統，泉州回民的絲路東來的商賈閱歷，與國瑞金的紅色基地，臺西的大哥大。我在一旁聽著，也覺得自己的身世如迷，到了炫麗的地步。T要再誇張演義下去，就要聳人聽聞了。

臺上高手過招，臺下諸多麗人。到了晚宴時間，模式一變：誰能瞎掰，誰就第一名。

會議完畢，我的書架上又多了一本密密麻麻的筆記。隨學術麗人們的身影，與落日霞光一起，坐在四月陽臺的書房裡。

與遠處的城市霞光，共浮沉。

四、系主任

再說一位老上司。

這位老上司，在學界有「超級完美主義者」的名聲。

多年後，在一個學界聚會上，不期然遇見了。

那是我初出美國校門的第一份教書工作。行事幾近嚴苛的他，曾是一幫剛出爐的教員們每週五下午「啤酒時間」吐槽兼八卦的重點對象。泡沫啤酒當前，大家釋放出大量苦水，把各種嗆辣誇張的形容詞毫不客氣地往他身上堆疊。

二十多年日升月落，當年在「學生」

和「人師」身分之間舉棋不定的我，已被歲月推上了「資深」的行列，做起當年「老上司」那些評鑑審核年輕人的工作，義不容辭地面對著「年輕人」嗆辣的抱怨。

前浪後浪，這位老上司於是榮登「榮譽退休教授」的寶座。此時一身灰白，頂著他的鷹鉤鼻，以獨一無二的鷹隼眼神，探照掃視新世代的「幼齒們」。

不期遇見老上司，心有所動，上前問好。但真人不說假話，感謝之類的虛招門面話就都免了。

而他似乎也早忘了那曾經生嫩靦腆，錯誤百出的我。一句：「妳發表的文章我都看了」，道盡二十年若離若近的「君子之交」。

那是我初出校門的一年。持外國護照的我，在冰天雪地的新英格蘭地區覓著第一份教書工作，一人一車，獨闖陌生新英格蘭小鎮。尋得森林溪水邊，一處夢幻小木屋住下。

那是不折不扣的仙境，夏日青山綠水，秋天紅葉絢爛，春天和冬天有大半年的二十寸白雪。一千戶人家的小鎮，是一個真實的童話世界。

仙境註定是孤寂的。憨膽迷糊的我，日日獨行暗夜繁星、麋鹿擋道的林間，不時在雪地上摔得人仰馬翻，還有幾次把車子打滑跌進雪地山溝。七百多個日子裡，我的老上司從不把我當「弱者」，不小看獨立女性的能耐，也不惜機關槍掃射的批評力度。把犯錯和鬧笑話的機會，一次次大公無私地發放給我，一寸寸助長我的臉皮增厚。

自此，我也算槍林彈雨，金剛不壞了。出入課室理直氣壯，脫去猶疑畏縮的女性姿態，有時也不知覺地有了些「你能把姑奶奶怎麼樣」的霸氣。

實話說，此時的我，若有些教學上的獨門招式，真的要歸功這位以前未必討喜，現在也跟我不算親近的「老上司」。

五、長路盡頭

人說：「每條路的盡頭，都會有一面鏡子，讓人照見遠處的自己。」
只有走過千山萬水，才能看到那漫漫長途中，全景的自己吧。
漫漫長途，來時也無風雨也無晴，長鏡頭裡，唯有高空勁風，憑人識得。
神火熬煉，八卦爐諸多星火。
落在爐邊，成為最嫵媚的記憶。

二〇一七、九、五

輯四

飛來飛去

滬九直通車

那時，T和我在兩地工作，一個在上海，一個在洛杉磯。算是「寒暑假夫妻」。

寒暑假日，我們以上海為家。

在上海安家，從選地購物，裝修屋子，到解釋鄰裡街坊，買菜過日子，在蘇州河畔過過一段難忘的「上海小日子」。

後來搬離上海，但每年我們總是叨念著，要「回」上海走走。

一

立春三月，趁學術之便，我們在香港旺角洗衣街的「中國旅行社」買到平快軟臥二人包廂，從九龍進到上海。

下午三點的火車，由香港紅磡站開出，隔天上午十點抵達上海老站。

在香港境內走東鐵線。在廣州東站換走廣深鐵路。之後是滬昆鐵路和京廣鐵路。中途停靠四站，但不上下乘客，用乘務員的話說：「一上滬九直通車，就算入中國境了。」沿途經晴朗的香港，烈陽的廣東湖南，煙雨濛濛江西、浙江，共四個省份。全程兩千公里，車行二十小時，票價人民幣九百五十塊。

火車在廣東深圳站，與上海南開往深圳的動車組錯身，之後穿過雨中大塞車的深圳市區，平湖密密匝匝的工房建築，和以綿綿寫著「向人民致敬」字樣的看板牆。接下來，火車加速飛馳，遺世獨立一般，飛越過常平，東莞，珠江，廣州各地。

全面禁煙的二人軟臥包廂（俗稱「高包」）有一張小餐桌，一張靠椅沙發，和全套的私人洗手間。我們倚風景玻璃窗而坐，呆看窗外農田房舍飛過，高鐵電纜變化萬端。

夜色暗下後，車入湖南嶽陽，開始供應晚餐盒飯和各色熱炒，麻婆豆腐，乾煸四季豆，韭菜炒蛋，青椒肉絲，油燜茄子，紅燒滑水等，價錢在二十五至四十人民幣之間。也有盒飯便當，四色配菜，每盒人民幣二十五塊。我們雖準備了雙份的乾糧水果，但禁不起聽服務員吳儂軟語的叫喚，也到餐車上湊熱鬧，點了熱炒雙菇青江菜和一盤雞丁。晚上臨睡前，又聽得一陣「稀飯湯麵熱餛呑宵夜」，軟綿綿的呼喚聲。過後，乘客各自睡下，走道上只有乘務員不時站出來探頭查看。

沉睡中，行過江西地界。一覺醒來，已在浙江衢州、金華、義烏。

冬末初春的南方田野還在休耕，黃草靜謐，人煙寂寂。

二

「滬九直通」到此，看極光飛天，聽音流變化。清斯濁斯，正是滬上梅雨的季節。

這次，我們住在五角場。

早晨，從高處瞭望這個城市，復旦大學周邊的江灣體育場、五角場這些地方，幾乎已經不認得了。砂石店、小販、藍色壓克力裝璜，都不見了蹤影。放眼四處玻璃樓牆，名店商旅。

熟悉的旅店裡，老一輩的服務員一批批下崗了，換上來的一批行動快速，彬彬有禮的年輕人。不待我們開口，立即迅雷般提出「一條龍」方案：支付寶，微信錢袋，中國聯通，銀聯卡一概綁定。附加一句：「支付寶裡不要放太多錢啊，萬一手機掉了麻煩。玩意有什麼事，就找我吧。」

滬上已入梅雨季節。午後陡然天地全暗，暴雨鐵騎般來去，震攝得整個城市沉入黑暗和靜謐中。之後，城市被暴雨洗刷乾淨，周身清爽，重返光明。那快速有禮，無所不能的年輕人們也換了一身衣服，搖身變成「小時代」電影裡的人物，名牌晃蕩，夜店來去。其實也都是水晶心腸，能吃苦的孩子。既然生在了這個神奇變化，光速和音速掛帥的世代，不妨好好玩它一玩。

看著這個若近似遠的城市，想起王安憶的一段文字：「這城市變得多麼新，公共汽車報的新站名，走的新路線，車上人有一半說外鄉話。高架從車頂上越過，不由鬆一口氣。接下去的站名耳熟起來，可是窗外的景緻卻又是全新，玻璃幕牆的上下，密集的寫字樓，酒廊裡坐著外國人……，街上走著新人類——新面孔，新表情，新的衣著，新的吃食，新的口頭語……」

三月天氣的上海，一件羊毛單衣，套上薄大衣，就足夠了。

三

歲月是個裁縫師，隨著季節，翻新人們的記憶。

多年前，衡山路上熟悉的小咖啡館、高安路上清晨清貧的面孔，都換了樣子。但生活的溫度，風華的老建築，巷弄人家的生活，結識過的朋友，多才多藝的好鄰居，小菜場裡的菜販，鄰家的孩子和狗，還有幫過我們的小保姆都定格在記憶中。

從徐匯區廣元路往東走，幾分鐘的腳程就進了法租界。

上海正嚴厲交通整治中，四處看得見：「嚴禁亂停車，亂變道，亂鳴笛，亂穿行」的標語。梧桐水門汀，冬日寂靜，車輛稀少。出租車師傅告訴我們：「問題不在出租車，把『非機動車』管住（指來去無聲的小電瓶車，摩托車），問題就解決了一大半。」

梧桐的詩意與嚴密的城管，一棟棟小樓人家小小圓形黑花鐵圍欄，一起組成此時上海獨特的美麗和森嚴。水門汀後，門戶森嚴，裡面住的有原來的人家，也用作公家單位的，也有管控中的歷史性建築。我們沿著水門汀高牆一路走著，尋找咖啡館午餐。

衡山賓館隔街的Kevin Café是我們以前常來的地方，在這裡會朋友，喝咖啡，歇腳。此時老闆已經換人，但午間依舊賓客滿座。一人點午間套餐，義大利蔬菜湯和帕尼尼雞肉三明治，附薯條。另一人點蘑菇濃湯，麵包和生菜。共人民幣一百二十八元。

Kevin Café十字路口對面，是徐家匯公園。「百代唱片公司」舊址「紅樓」就在這裡。邊上，原來還有一個橡膠廠，現在還保留了巨大的煙囪。早晨陽光，把暗紅的法國文藝復興風格建築映照得悠悠鐵紅。

華山路往西，與淮海中路交口，往東北打斜一些，是武康路。這裡有赫赫有名的「東美特公寓」。當年鄭君里、趙丹、孫道臨等電影界人都住過這裡。武康路上有許多老建築，辛亥時期的黃興、民國時期的李及蘭、周作民、宋美齡都曾住在這條街上。附近不遠的淮海中路上，還有抗日名人杜重遠的住所。如走華山路上文康路，會經過德國領事館，碰到高安路左拐，就是學界同行朋友們必到之地：「上海市立圖書館」。

四

紹興路，以前常來。

這條路，並不長，前後大約只有五百米，在陝西南路和瑞金二路之間。附近有瑞金花園、田子坊、和女士們喜歡的茂名街等地。

紹興街聚集著上海的文藝出版社、主題書店、幾個頗有情調的「小資咖啡館」，另外還有個昆劇團和一個老園林。每家出版社、書店、咖啡館似乎都有自己的故事，也常有文人作家、編輯在這裡逗留，不急不忙的，與吃喝玩樂的「大上海」似乎是兩個不同的世界。

用T的話說，此地：「很波希米亞（Bohemian）」。但出版社朋友總自嘲是：「帶著手銬跳舞，沒外人想的那麼浪漫。」也許是因為看似遺世獨立，卻又與市場輿論脫不了干係吧。

有家新開了一家書店，店門上沒有招牌，也不對外開放，想進去看看，得靠「緣分」。我們正好逮著了。

老洋房佔地頗寬，雖已老舊，卻收拾得很乾淨。聽說現在樓裡住著六戶老人，左右兩進背對背，有各自的入口。前院草地上，曬著一床被子，樹下擺著一對破籐椅。高高的鐵架鏽黃了，衣服都一件件用衣架掛起來，夾在鐵架上。右邊是主屋，樓梯間疏朗敞亮，格局也大方。入門後，左手邊一道密門，門後是高挑的廳堂，鐵稜窗格，圍著漂亮的老式樣弧形玻璃。窗稜高處，一塊木板刻出「詩集」二字，是顏真卿字體。初春的陽光灑在高高低低的書架上，老書桌上擺著熱水瓶和搪瓷茶杯，熱水瓶裡還熱呼呼的冒著氣。

年輕的書店主人有這樣的詩句：「自我，自我從哪裡來？在地面投下一個影子，這小新確立，囂張著，『我在世上行走，就有跟隨。』」「我提著虎拳，往世上走，……。」

看得見詩人北島的影子。

「田子坊」離紹興路很近，以前是我們晃盪壓馬路的地方。有時，我們到爾冬陞的茶館吃飯，有時買些奧巴馬和毛主席合體的襯衫，有時看看藝術家們的木刻擺設，手工藝布娃娃什麼的。這次來，我們混在年輕人群裡，左看右看，好久才選定了印尼餐廳，吃簡單的辣椒炒空心菜，辣炒碎雞，印尼素炒飯。T點了金湯尼，我喝檸檬水。隔桌兩位法國小姐唧唧聒聒喝酒微醺，我們則與老闆娘和染了金色長髮的河北服務生聊天。

附近不遠處有家鐘錶店，我們閒晃到這裡，總要進去跟老闆說幾句話，換個電磁、買個錶帶什麼的。這次經過，想起來買個小鬧鐘，又買了個其實不需要的錶帶。放在包包裡，也不知哪年哪月才用得上。

晚間，上海起了風。

這樣的夜晚，總能在上海找得到有趣的人，或長或短閒聊幾句。

五

會過滬上和蘇州的老友，吃過本幫菜，看了翻新的「大世界遊樂場」和猶太紀念館。也路過了外灘的燈火，走了雲南路、淮海中路、南京東路、靜安公園、福州路、老法租界、上海圖書館。我們往兩湖地區出發。

高鐵車號G1347。車廂廣播：「女士們先生們，歡迎乘坐華夏幸福號品牌列車。本次列車由上海站出發，往長沙南站方向開出。沿途停靠：嘉興、餘杭、杭州北、諸暨、金華、玉山南、鷹潭北、南昌西、宜春、萍鄉北。終點站為長沙南。請看管好您的隨身行李，以免錯拿或遺失。本車是綠色環保車，車上設有煙霧警報器，為了您和其他乘客的安全，請勿在車廂任何環節吸煙。……」

這趟高鐵動車有八個車廂，每車廂二十八排座位，乘客多半有商務在身。

車入江浙，滿眼富庶和樓宇上尖尖晃眼的裝飾，車廂裡生意經此起彼落。

背後的上海口音說：「喂。嗯嗯。那個項目差不多了吧？呃，那好。明天總部有人來。項目做好了，就收拾一下，免得不好看。好，就這樣，再會再會。」車入江西，但見青山綠水，和老舊水泥的磚房。

車廂裡的「贛普」（江西贛州普通話）口音說：「喂，我在高鐵上啊。我說，我們現在手上四個項目，都是不錯的。我建議考慮半天旅遊行程，讓客人休息一下，效果比較好。下午時間要留得充裕些，讓客人慢慢玩，時間不夠，就在山上吃飯也可以，晚上到旅店休息就好。多花點心思，以後人家就會找我們做。」

之後水田磚房淡出，藍、紅、白瓦交錯的樓房人家進入眼簾，火車進入湖南地界，在山間盤桓上下。

聽見湖南口音說：「你最好跟對方溝通一下。溝通，能創造價值。我們賣東西，要先自己弄清楚性價比。我們計畫想達到什麼效果，也須要主動描述給顧客。否則客人搞不清楚，出不到什麼效果的。就像名聲好的醫生，未必個個醫術精讚，但一定是跟病人的溝通好。要為客人創造價值，讓他覺得物超所值。如果客人有特別的要求，我們要先說明利弊，這樣就算有了問題，客人也會覺得是他自己選的，不會怪我們。考慮到了，也溝通了，客人就不會怪我們。」夾雜著廣東口音：「我的習慣是：只要你不坑我，價錢合理，我就跟你做。上次那件事情，是我們自己不太好嘛，不能怪別人嘛。」和泉州海口音：「什麼叫專業？就是把每個細節做到極致。什麼叫商業化關係？就是大家講清楚。我們不欠人家，別人也不白拿。每一筆都要有合理的商業回報。這個回報，兩邊都要掐算好。這樣就是好的商業化夥伴，否則就不是。做生意就是這樣，沒有更好的辦法。」

不久是標準普通話：「女士們先生們，××站到了。雙門車廂旅客，請由車廂前門下車。單門旅客請先下後上。由於列車到站停車時間短，請不要在月臺長時間停留，以免漏乘……」

我們進到了楚地長沙。曾經焦土的「戰長沙」。是否是我所知道的：豪邁、嗆辣，熱鬧，與瀟湘姿態？

二〇一七、六、十八

小蕭喊話

小蕭是安徽黃山人，在大上海當小保姆。大城市裡一待二十年，學會了滿口「是的呀」，「好的呀」，出落得非常「上海」。

同樓道的幾戶人家，都請小蕭幫忙。幫我們打掃衛生、擦地、買菜、買西瓜。把我們幾戶人家管得服服貼貼，一個動作一個口令。

小蕭常讓我給她遞個抹布、拖把，扶個高腳凳什麼的。

夏天天黑下來，家家戶戶都坐上餐桌了。

小區擴音器的聲音，爬上人家窗臺，一次次反覆叮嚀：「居民們同志們，請當心火燭，注意安全。扭緊瓦斯，關緊門窗。居民們同志們……」樓下鄰居粗著脖子在吵架：「我家狗拉屎，怎麼啦？喔不讓拉屎啊？人拉屎可以，狗不讓拉屎？奇怪了。狗拉屎不在草地上，上你家廁所拉啊？」

這時候，小蕭也快結束一天的工作，快回家了。她拉著的嗓門，管教鄰居家的五歲男孩：「哎呀要死啊，你小人你敢叫我名字！小蕭也是你叫的？你把鞋子給我脫下來，把地板搞髒，看我揍你！」

小蕭不說話，她「喊話」。

以下，是她喊給我的。

大姐，你不是上海人吧。

上海人不會幫你拿遢拖把的。可以拿也不拿。讓你打掃房子，鑰匙絕不會給你的。跟你們臺灣人不一樣，動不動留鑰匙給人家。

我十六歲跟我媽媽出來的。原來住在橋下面棚戶，現在那裡拆遷了。剛來，我們想賣菜。問隔壁山東人在哪裡批菜，山東人不告訴我們。他們說，菜是回山東老家拿的。我們沒門路，就去賣抓餅，在金沙江路那邊。麵團是批發商送過來的，調好的。賣三塊錢。加香腸一塊錢，加培根五毛錢，加蛋一塊錢。加生菜不要錢，可以加醬，不要錢，美奶茲，番茄醬都可以，也不要錢。做生意很辛苦，常常怕黑貓（公安）來抓。太辛苦了。

我二十四歲那年回淮北，把我老公帶出來。我老公姑媽的爺爺，跟我的姐夫的爺爺，是一家。我老公人帥，又懂西瓜，我們就去南匯批西瓜賣。自己去挑，不放心別人挑。昨天晚上，我還陪我老公去挑的，來回一個小時來回。包一個小卡車，拉一趟兩百塊錢。管飯的，種西瓜的啊，到了那裡，他們燒飯給你吃像自己家裡一樣。昨天晚上買回來三千斤。一斤西瓜賺三毛錢，一個西瓜最少五斤重，今天賣得好，一天就賣得差不多了。晚上我回去，還要陪他去南匯拿西瓜。

平常我家是我老公做飯，我不做。我回家就吃飯睡覺看電視。

我老公做什麼飯？白米飯啊。菜？炒菜呀。油熱了，把菜放下去炒。炒蘆筍，那種細細的綠色的蘆筍。你們臺灣人不是也吃蘆筍嗎？還有那個很小的小針菇！放點小蔥炒，很好吃的。

你們臺灣人吃不慣我們的醬油。我知道。

我以前做的那家臺灣人，也這樣。我跟他們說，你們不喜歡我們的醬油，自己帶臺灣醬油來好了。你們臺灣人炒什麼菜啊，都喜歡放蒜頭，炒青菜也要放大蒜。你們臺灣人，我知道的。一下不吃這個，一下不吃那個，怕不衛生，真麻煩。我們吃了都好好的，沒毛病，偏偏你們就不行。

我教你作幾道素的好啦。油燜茄子，會不會？你們家愛吃吧？要買細一點的茄子，蒜跟薑煎一下，擺一點糖，一點醬油，小火燜。一定要小火，大火燒茄子，要爛掉的。燒出來很好吃的。

南瓜好吃，切成絲。刀工要好。放點蔥花，炒軟就行。肉黃黃的，皮綠綠的，很好看的，很好吃的。

新鮮百合，炒甜的。白糖，油，炒到它吸乾了糖。很好吃的。

炒花生米，用水過一下，油熱了，放下去炒。很好吃的。

炒花菜，你要多放一點鹽。很好吃的。

素餃子你們臺灣人一定愛吃。豆乾切細絲，小白菜，細粉，香菇，要乾香菇，不要濕香菇哦，乾的香，都切細絲。油裡爆一爆，擺點鹽，擺點香菇粉，麻油淋上去。很好吃的。

春捲也一樣。粉絲，香菇，生粉，豆干切絲細，薑蔥油煸一下，很容易的。包甜的，也好吃，豆沙，黑芝麻粉都可以。很好吃的。

咦，書房門怎麼老關起來？奇怪了。每次我一來，你家胡老師就把書房門關上？見我嫌煩是不是？妳去把他喊出來！讓他把拖鞋穿出來，來我拖把上踩一踩。地板剛拖好，等一下又被他髒拖鞋搞亂了。

妳上菜場買菜，價錢要抓緊，知道不？菜價不穩定，每天不一樣的。妳要買就買季節菜，不要吃那些貴的。幹嘛呀？傻呀？菜收成多的時候，價錢便宜一點，收成少的時候，就要貴一點。非吃那麼貴的，為什麼呀？傻呀？

不要相信什麼有機菜。什麼有機沒有機的。有機，就是澆大糞，在我們老家，就是普通青菜。到了城裡，就叫什麼非化肥青菜，有機青菜，嘖嘖，澆大糞長大的菜，在這裡還貴得很哦。你上好又多超市去看看哪。毛豆呀，絲瓜呀，米莧，茭白。我是吃不起的。

你們不要常給你們老家寄錢。幹嘛呀？常寄錢，對他們不好，以後他們困難了，跑來上海找你，那你怎麼辦啊。有些農村，現在也不那麼窮，也沒那麼苦，你們想多了。咦，你們老家是不是熱帶啊？你們上次回去，熱不熱嘛？熱，那是熱帶咯，熱帶的話，稻子端午節以前收割起來，馬上再把秧插下去。很快的。插好了就閒了。

在農村很自由的，愛幹什麼，幹什麼，比上海好。出來打工很不自由的。什麼都要聽人家的，不舒服呀。來上海做小生意，哪裡有那麼好做？黑貓（公安）來了，一車子西瓜都給你沒收掉。凶得來。在農村，農忙的時候忙一陣，農閒的時候，很舒服的。還有時間打麻將。所以啊，很多人現在根本不願意出來。

要看一個人窮不窮，就看他衣服上有補丁沒有補丁。要沒有補丁，就表示他不窮。還要看他們村子裡有沒有樓房，要有樓房，也表示他們村子不窮。要是房子頂上，有歪歪倒倒快掉下來的瓦，就是窮。新房子蓋不起呀。但是，要是他們村子裡有一兩戶樓房，那他們很快就會富起來。為什麼？嗄，腦筋動一動就知道了。那些到外面打工的人，富了回來蓋房子。他跟鄰居一聊，誰誰誰你要不要出去打工啊？然後，把幾個人帶出去打工。那這幾個人就又富了，又回來蓋房子。那他們村子不就富起來了嗎？腦筋動一動就知道了。

還有，要是有拖拉機，就不算太窮。收割機進得去，也不算窮。現在農村耕田，都用秧模子，一個洞一個洞的，把秧苗子拋進去。如果不太正，再用手扶一下，搞好一下。很容易的。可是我告訴你，要是他們村子裡沒有路，就是真窮了。哎，真窮的地方，你是看不到的，沒路讓你進去看啊。

今天對不起了。有件事情要跟你講。我要漲價了。

外面鐘點阿姨都漲價了。上海行情我是知道的。那些外地人，剛到上海就要我現在的價錢，那我這些年白混了。對不住了啊。我調薪了！你看見的，我來你家打工，從來不上廁所。

你什麼時候看見我上廁所？我是拿工錢的，一小時一小時算，上廁所，怎麼可以？這是上海，不能亂來的。

噯，我問你啊，到美國飛機票要多少錢？

嗄，一萬塊！那我去不了。

二〇一一、七、十二

阿姨說

我家還雇過一位保母，姓司。讓我們叫她：司阿姨。

司阿姨說話也很大聲。

大姐，我說話小聲說，說不好。我大聲說吧。

我在你家做鐘點工，哪裡做不好，你說我好了。你說我，我還做不好，你就告我好啦。趙主任是你們居委會主任。我是她介紹過來的。我表弟住在趙主任她家那個社區裡。你一定找得到趙主任，找到趙主任，就找到我表弟，找到我表弟，我就跑不了。

你放心，我不占別人便宜的。

一

我剛來上海，馬路邊上一家賣夜宵的，東北人，我在他家作。包餛飩，包餃子，做了二十天。他家東北人，炒的菜我吃不來。味精放得多，我吃不來。米飯我也吃不來。上海水裡面有漂白粉的味道，我吃不來。冬天半夜裡，風大，我受不了。我們老家米好吃，水很甜很甜的。

後來我賣蔬菜，我不會算錢，笨得要死。我騎小板車，也是那個時候學的，一個月賺兩百塊錢。我表弟幫我介紹，找到一個工。一個老爺，要我住在他家裡面，陪他散散步，買買菜，工資很高的，一個月給一千。我想這不行。這老爺一定沒安好心。我跟他說，病人、老爺我不做的。後來找到一個仲介，介紹到一家人。這家人問我會不會燒飯，我說會。那時候四百塊錢工資，介紹費二十塊錢。現在做一百塊工資，要二十塊介紹費噢。

這家人住徐家匯。給你四百塊，要看你的身份證，要你的老家電話，說有什麼事，可以問問。我一天天吃飯很少，不多吃他們的。他們吃剩的，我把它盛起來放冰箱，不多吃他們的。他們看我不多吃他們的，就信我。過年我回家，來回車費都是他們出，另外給我兩百塊錢。他們說，你什麼時候回來，告訴我，我來接你。現在我住的地方，他們還來的。我鄰居說，哎喲，你的老闆那麼好，來看你。

過完年，我從鄉下回上海。我想他們家親戚多，鴨子我帶十幾個，花生我帶兩大口袋，這麼高，高到腰上。我老家人說，你不要帶那麼多東西呀，怎麼帶呀。我來上海，被單都沒買過，都是人家給的，應該呀。我帶兩口袋衣服回鄉下去，都是老闆親戚家的衣服噢，過年的時候，都讓我帶回去。我家現在還有兩箱衣服，都是要帶回去的。下次元旦我回去，我還帶回去。

我老公那時候一個人在老家，很傷腦筋。我老公怕說話。我家旱田十幾畝地，加上水田，一共二十畝地，他一個人種。陰曆九月份我就出來了，過陰曆年的時候，我帶回家五千塊錢。我們兩把小麥種上。

過完年，我老公也出來。到上海，我老公不肯跟我睡一個床。我們農村不叫你們兩睡一個床的。我說，老闆叫睡一個床，我們就睡一個床。沒事的。我們就睡一個床。

一開始，我老公找零工。一個女的不知道是哪裡人，自己搞一個房子。她那個房子吧，髒喲。她自己蹲在地上擦。那個天花板吧，我跟她說，一百塊下不來的呀。我跟我老公去說的。她看我講話有道理，說，「我這房子吧，你要多少錢，我不會虧待你的。」她花錢呀，像水呀。那個錢就像大水淌一樣的。一個一個做工的來都給小費。洗煤氣罩子，人家給三十五塊，她給一百塊。換鎖的，修煤氣的，那天來了好多人。我老公洗她那個天花板，她給二百塊錢。給得很大噢。

我們徐家匯不做了，到廣東去蹲了三個月。我老公的親妹妹、妹婿在廣東管一個廠的生產部，那個廠生產布料。他們那個老闆管技術，機器要是壞掉了，布料顏色上不去，他管。其他，他不管。我老公妹婿在那裡管那個生產部。那些工人，五湖四海來的人都有哦，住那裡，吃那裡。工人伙食油鹽醬醋一起算進去，一個人一天三塊錢。他們，找不到廚師，急嘛，叫我們去。我到了那地方，看看我就要走。我說這什麼爛地方，我現在就走。我在上海住慣了嘛，在他們那裡不習慣。他們把工資扣起來了嘛，扣起來，我走個屁啊。我老公在那裡磅布，這種布那種布，他就在那裡查那個布頭號碼。

我老公不給我錢，我就跟他鬧。他不讓我走。我走了，他開不了小灶嘛。

二

我們老家坐火車，到南京，下去就到了，滁州。慢火車，二十六塊錢。快火車，五十多塊錢，四個小時就到。

我們老家不窮。我們窮。我也沒想要出來。到上海來，什麼都不習慣。人嘛，日子一窮，自然就有決心喲。

我兩個小孩上三專，一個月要一千多塊錢。我兩個小孩借高利貸。我女兒念一半，沒錢給她繳學費，回來在家打工一年，錢借好再回去念的。我們也是前年才把錢還清，一百塊錢五分利錢。我一個本家哥哥借給我們，我本家哥哥說你們有事你們用，他沒有要我們利息錢。我不要占人便宜，我給他。我做人很跟人講道理的。

在我們老家，屋子外面作的多。在城裡面，屋子裡面做的多。以前我們沒有收割機，稻子小麥都是我們自己用手割。在我們老家，我瘦噢，黑，天熱吃不下飯。我老家一個表弟，我們小時候一起玩的，他老婆是上海到我們鄉下的，那個知青嘛。我表弟出來上海，開計程車。有一次我表弟回老家，他看見我挑玉米在路上賣，他嚇一跳，說：「大姐，你怎麼這麼瘦，瘦成這樣？我都認不出來。」我看見我表弟，我哭啊，日子太苦了。我家債還不完嘛。我表弟說，大姐，你出來打工看看吧。

我這幾年過得心裡太愉快了。賺錢，多高興啊。在老家，我半年才看得到一次錢。在外面，我天天能看到錢。

我做鐘點工那些人，他們告訴我，你每個月自己攢兩個錢存起來。要不，以後你老了，買糖的錢都沒有。他們告訴我，你現在不相信，以後你老了，跟你兒子媳婦要幾塊錢，他們不會給的，一分錢都不會給的。他們不會給你的，我自己看見過呀，我們鄉下老人身體不好，就要兒子媳婦打糧食給你吃啊，人家不打給你吃，你就真的沒有吃的呀。是這樣的，我不騙你呀，那要餓死呀。在我們鄉下，六、七十歲的人還要到外面去放牛呀，不放牛怎麼辦呀，兒子媳婦罵狗給你聽。

我現在自己攢了兩千多塊錢。我兒子女兒他們都笑死咯。我說，這不是你們教我的嗎？我以前哪裡會這些呀！我打工那些人家裡面，舊報紙醬油瓶汽水瓶，每個禮拜都留給我。報紙五毛錢一斤，瓶子一毛錢一個，有蓋子的一毛半，玻璃瓶子兩毛錢。我賣了，錢攢起來。我老公很小氣的。我打長途電話回鄉下，十塊錢我老公都嫌多，我不敢講，我講打六塊錢。

我們作鐘點工的有時候說閒話。我跟他們說，我過年放假回家，從來沒有扣工資的。我的親戚說，她給人帶小孩，他們要搬走，給她買黃金耳墜，黃金項鏈，三兩重噢。我跟她說，你這輩子不用買金子噢。

我們老家，出來的不想回去。沒出來的也不想出來。就這樣的。年輕人出來蠻不少的。我小弟弟小弟媳婦，大侄兒都在上海呀。我媽媽七十八歲了。我跟我媽媽說你現在不來，以後就不要來啦。以後你老了，你怎麼來？小雞，你賣掉好啦。不要殺，殺了我們吃了，你回去又要另外買小雞養。

我們出來，我跟我老公說，豬啊，你可以賣掉。牛啊，你不能賣。你要是在上海搞不好，那怎麼辦呀？牛呀，要請別人幫我們餵。那個大畜牲兩千塊錢一條，要是讓人家餵，搞死掉了，怎麼辦啊。我就讓我家門哥哥幫我養。我跟我家門哥哥說：「我這牛嘛，你好好幫我服侍。我家牛好。小牛一年一條，明年下下來，我會給你的，不會給別人的。」我給他一兩百塊錢。我跟我老公把小麥種上了，就出來了。

出來一年，我老公過年回去，他姑爺，姐姐，都要我家小牛。我這個姑姑更要這個小牛。我請假回去，一來一去三天，我跟他們說，「誰都別想要這小牛。」我們忙的時候，他們都不幫我們噢。就我家門哥哥幫我們忙。那個小牛嘎嘎養到四、五個月，賣得了四、五百塊。我賣給我哥哥。錢我存到我家銀行裡，不給我老公家裡。這是我跟我老公的錢！

三

我們老家一年兩季，一季稻，一季麥。稻子八月收，小麥四月收。玉米，花生，綠豆，高粱，山芋，我們老家什麼都有。自己有菜園，新鮮菜啊，莧菜、小白菜，自己種給自己家吃。我們吃井水，有兩個樓三個樓深，甜絲絲的。有的人挖到城水，不好喝的。

我們家小麥半年收五千斤。九月種上，四月收。缸豆，黃豆，綠豆我們收一千斤。芝麻一千斤。花生六千斤。二月收早花生，就是春花生嘛，一斤一塊二、一塊三。小麥割了以後，插上末插花生，收了留在家裡，比較飽。好。外面人不懂的，賣起來價錢也差不多。我家還種那種大瓜子，田肥的話，一畝田收一百多斤，一斤十塊錢。

小豬秧子買來二十五斤。三個月餵出來，一頭一百八十斤。一斤四塊。以前一頭賣二三百塊錢，現在賣六七百塊。我家裡有母豬，自己會下豬秧子。運氣好嘛，自家下下來，運氣不好嘛，有的會死噢。

山羊就吃草，好樣的。一窩一窩兩三個。給它調一點黃豆，在水裡泡胖了，給他們吃。不要給多，給多了，吃撐要死掉噢。現在貴咯，一斤賣三塊多。

魚塘一年可以掙一兩千塊錢，拿牛屎給他們吃。鄉下魚沒有那個講不出來的怪味道，很好的。草魚、青魚、白鰱、黑魚，進到塘裡面只有半寸大，出來四、五斤重。青魚有半個人那麼大。老鱉、烏龜、蝦、我們家鄉都有的。

我們在老家，好窮。我家裡又不平安。那個狐，它附在我身上嘛。我一到醫院，我就休克過去。醫院給我檢查，說要開刀。我說不准開，我怕開刀。我爬起來就回家。我被子一蒙睡覺一兩天噢。我妹妹講，有一個詢家很靈的。你去看看詢家嘛。我就去看詢家。那個詢家一看我，就說，你不是來看病的，你是來試試看的。我在我妹妹家講的話，他都說出來噢。他比劃比劃作一作，就叫我到我家十字路口去送那個狐嘛，叫我媽媽我妹妹都一起去送。我們就去送。後來，我好了。

後來，又不好了。我媽媽就叫我信主嘛。我媽媽說，主比較大。那個詢家不夠大。我去禱告，禱告兩三個小時，我就好了。

我現在不禱告了。一般不禱告。有時候我兒子不平安，我還禱告禱告。

四

老早，我老公開拖拉機，都是我一個人割草割稻子小麥。他把飯送到田裡來給我吃。很苦啊。搞不了，搞不好，人家都會恥笑你的，說，「哎呀，你家到現在還沒搞好呀？」種田賺不到錢。

大姐我告訴你，我兩個小孩很好很好的。

我家養的那個鵝，我家小孩一個放鵝，一個餵豬。我老公給人家開拖拉機，給人家撞到了，牙齒都掉了，昏過去。我們跑到城裡去看醫院，玉米棒子都曬在外面院子。我小孩自己收到牆底下，白天再拖出去曬。我小孩在院子裡跑來跑去，笑嘻嘻的。人家一問，「你爸爸好一點嗎？」他們馬上哭起來。我家鄰居講給我聽，我家鄰居都哭的。我家小惠從小就可愛噢，人家不問她話，她不講話。人家一問她，她就講，一講就笑。她哥哥跟她兩個，一個摘菜，一個洗碗。兩個小孩很好的，都不要我講。

我老公醫院住了二十多天，家裡來人看，好煩，還要去買菜給他們作飯吃。我兩個小孩知道餵豬。肚子餓了，走到外婆家去吃飯。我們鑰匙交給我們家鄰居。我回到家，天黑了，兩小孩都趴在床上睡了。

我兩個小孩不髒，從小兩個就不髒。飯吃完，兩個小孩收下去，問，「媽媽要不要洗？」

我說，「不要洗，我來洗。你們洗不乾淨。」他們兩個，一個十歲，一個七歲，哥哥洗一道，妹妹洗二道，很乾淨。

我兩個小孩會做飯，家裡來個人，炒個菜，買個菜，都會的。十個菜一桌都做得出來的。

我孩子我從來沒要他們幹田裡活，要他們上學念書。我叫他們幫忙，他們一大片把糧食都拔掉了，草跟糧食都拔掉了。叫我兒子插秧，我兒子插秧插到我這邊來了。弄小麥桿子，叫他幫忙抱到車上，拿叉子挑上去。我兒子累壞咯，幾天都沒吃飯，不能上學。我兒子就幹過這兩回。他沒搞過，叫他這樣做，他做不來的，他沒做慣。

五

做人就是一口氣。我這人是這樣的。你手上沒有錢，去看看人家，出手出不了的。我想在人家前面，不想在人家後面。

我年輕時候，有朋友的。他去做解放軍，個子很高的。我們很要好的。他家來我家提親，他跟我說，我父母要他家東西太多。我就不要他了。

我很傲氣的，你說我家不好，我不要的。我就不要他。他說，「你怎麼這樣？」我說，「做人就是一口氣嘛，不能隨便說我父母的。」

那一次我老公不在家，我晚上打稻子，用拖拉機打呀，月亮很亮的嘛。打完稻子，我和豬食。我們村子裡那個不正經的男人從後面抱起我喲。我大聲罵他：「你瞎了眼啦！想占我便宜。我什麼人都看不起，我看得起你？」我罵他，他跑喲。這個人他喜歡占人便宜，老的也占，小的也占，就搞習慣了。我們鄉下女人讓他佔便宜。我不讓。我不喜歡這樣的。我說，「你們喜歡你們喜歡，我不喜歡這樣的！」

六

在我家，我說一不二的，他們都聽我的。在別人面前，我不說我老公的。我跟我老公沒有紅過臉沒有鬧翻過。我兒子他們搞得這樣，我們也沒有紅過臉。我說，我們遇到事情，我們大家一起商量。誰也不當家，是吧？

我孫子鬧夜。就跟你們美國來的一樣嘛，白天睡，晚上不睡。我跟我媳婦說，你不吱聲，我來治他。我給他打浴，打好浴，我跟他說，「奶奶說，今晚寶寶不吱聲。嗄，不吱聲。吱聲，奶奶治你。」他們給他包得太緊，不舒服。我說，「寶寶，伸一伸，伸一伸。」我孫子伸得好長。我拍拍他，好高興，睡了。床上一撂，晚上十點喝的奶，兩點喝的奶，六點喝的奶。我說，「莫哭！」一個月，我孫子都沒吱聲。

我老公有脾氣，他打他哥哥老婆的。他哥哥老婆不懂事嘛，不做飯。他哥哥不打他老婆，我老公上去打她。他哥哥老婆家沒兄弟，我們那裡沒有兄弟的，夫家人敢打的。我家裡有兄弟，兩個。他們不敢碰我。

七

我們在上海，住二樓。樓下上海人，房子是他們的。上海人不好，上海人嘛，工作找好的，吃飯吃巧的，懶呀懶死掉。他們不來幫你的。他們說，「哎呀，你跟那些外地人搞什麼？」

我們這麼多人，房子不好找的呀。我們跟上海人說，房價一千塊錢，每個月二號繳錢，我們住到房子拆遷，房子住進去什麼樣，我們走什麼樣交給他。押金有七百塊錢在裡面。人家把樓梯口過道上都租給打工的，放個小床租出去，一家一百五。出來打工的人，東西又不少，我們抱小孩上下樓不方便嘛。我跟人家上海人說，你押金要退給我。你不退給我，那我跟你見一一〇了。

我孫子玩錢，我不給他。小孩哪有玩錢的。髒嘛！棋盤室一個上海孤老給我孫子錢。一塊錢，兩塊錢，給我孫子玩。我不讓。那個孤老說：「給你孫子錢，有什麼要緊的呀。我給他錢玩嘛。」他說給我孫子：「你奶奶不給你錢。我給你。以後長大了你記住，你奶奶不給你錢。」

我聽到了，我跟上海孤老說，「以後不要給我家小孩錢。這不是給他錢，這是害我家小孩子。我家缺不了我小孩吃的。你不要認為我出來打工的不給我小孩吃的。我們農村不這樣的。將來要是他爸爸不給他錢，他要對他爸爸不好的呀。」哪裡的事情呀？我孫子吃冰棒，吃冰激淋，一下就是十塊錢，都是我們出的錢。他要什麼我們給他們買什麼。他吃不了，我們吃。我兒子帶我孫子到超市，他要什麼就給他買什麼。小寶要他的頭，他也給的呀。不要那孤老給。

我管我孫子，數到三，一二三。我孫子知道的呀。這上海孤老搞什麼？搞我家的家教呀！我的孫子，我來管。

八

我女兒很好的。大姐，不是我說，我女兒真的好。

我割稻子，我的腿斃啦，不能落地。我女兒來服侍我，大便小便，我女兒不嫌髒。我女兒幫我洗，不嫌髒。我跟女兒說，很臭吧。我女兒說，沒事。在醫院打飯吃，醫院那個爛飯，我吃不下去。我女兒回家燒一顆一顆的米飯，帶來醫院給我吃。我回家跟我媽媽說，她都哭的呀。我女兒真好，大姐，不是我誇我女兒。我女兒真好。我們那裡一個人一個小盆，到澡堂去。有時候我身上來了，我女兒看到了就洗了。她不吱聲。她也不說，就洗了。

我以前做的那家人，他問我，我女兒多大。說他兒子比我女兒大五歲嘛。我家小惠不喜歡他。我女兒的乾大哥，是她公司老闆，專門搞土地開發的。對我女兒好得不得了。人家有老婆，小孩都跟我女兒一般大了。他跟我女兒說，「小惠，你學開汽車，哥哥買一個給你，你上下班方便。」我女兒回家問我，「媽媽，我哥哥叫我學開車，我學不學？」對我女兒瞞好。他說我家小惠跟一般女孩不一樣的，不愛人家的錢呀房產的。我女兒跟我說，「媽媽，上海人裡有好人。」我女兒真的很好的。

我兒子很聰明的。我兒子考大學，只填清華大學，別的大學他不去。我兒子長得好，像他爸。會說話，像我。我兒子女朋友很多的，一個換過一個噢。我媳婦那時候懷上我孫子，我兒子不想要她，我媳婦她跳樓啊。從樓上跳下來，真跳喲，我孫子沒跳掉。這種事在我們老家是不可以的，我們逼我兒子結婚。

我兒子生我們氣呀，說沒有我們，他今天不會這個樣。我兒子跟我媳婦結婚，我兒子睡他公司，沒跟我媳婦在一張床上睡過，從來沒有的。我兒子外面還有女朋友噢，上海小姑娘，很喜歡他的，我兒子現在常睡上海小姑娘家。女孩子喜歡我兒子喲，我兒子不要她們。

大姐，我孫子很可愛很可愛的。我兒子帶我孫子去他女朋友家，買冰淇淋給我孫子吃，要我孫子叫他女朋友媽媽。我孫子就叫媽媽、媽媽。我媳婦不願意啊，鬧呀，打起來噢。我孫子哭噢。我說，「你們再鬧再打，你們把孩子帶走。一起都從家出去。」我孫子哭嘛，「你們不要我。你們不要我。」哭喲。我媳婦說，「誰講不要你呀？」我媳婦心疼我孫子。我說，「心疼，你們心疼帶走好啦。」我說一說，他們哪裡帶得走啊？我孫子是我們養啊。

大姐，這個錯，要說起來，有大部分是我的兒子的。家事不可外傳呀。大姐，我今天都跟你說了。別人我不說的。

我兒子說，「我兒子她媽想要我跟她過吧，是不可能的。我女朋友她家上海人，要我跟他們住吧，他們也不可能允許的。」我兒子自己找的麻煩啊。人在外頭打工，心都打散了呀。我跟我兒子說，「要有錢，路上那個孩子都可以是你的。沒錢，你親生的也沒用。」以後他賺大錢，什麼都不是問題。大姐，你說對不對？

九

我們房租一個月八百塊錢。我們這一大家子算算一共七個，老家有時候還要有人來呀。房子不好找的。水電費加上房租，要一千塊錢。說了別人不相信，住的加上吃的，我們家一個月要兩千塊。家裡來人，奔我們兩口子來的，都算我們的開銷。我兒子女兒一人掏兩百塊錢幫忙，兩個人一共掏四百塊錢。我們這一輩的，就我老公帶出去，我們兒子女兒這一輩的，就我兒子帶出去。我跟他爸爸算是會弄的嘍，在上海弄成這樣子。

我跟兩個孩子說，我跟我老公以後到市裡買個屋子，一室一屋，他們倆給我們六、七萬，我們自己出六、七萬，我們倆買個屋子住。我女兒答應的，我兒子不答應。我女兒很好的，真的。

十

大姐，你這花生在哪裡買的？多少錢？二十四塊？去！什麼有機花生？有什麼機？有機花生，就是普通大便澆出來的。小一點，香一點，作種子用的。沒下化肥？去！屁股黃的！鄉下哪個不下化肥？我頭砍下來給他。澆大便也加化肥的！

大姐，洗衣機壞了，你把它退回去，不要他們修。修什麼，修好了還要壞，叫他們送一個新的來。這些人，你不能跟他們客氣！

大姐，我做事，不要你管。我不用萬能布，萬能什麼布呀？一塊破布二十幾塊錢，屁股黃的！多擦兩下好了嘛。多擦兩下不要錢。

大姐，你告訴你們家裡人，把錢收起來，好吧？我來打掃衛生，你們錢擺在桌上，掉了大家不好說。你們不收起來，我很不舒服。

大姐，你們兒子很不應該的。他不對的呀。我想起來還生氣。我對他不錯的，他這樣對我。去年他一個人在這裡，我每個禮拜來給他做飯噢。我燒一鍋菜給他，他不會做嘛。燒雞燒鴨熏魚，我們家來人請客，我都給他留一點。我沒有騙你，你問問他，是不是這樣？他這樣對不起我們的。大年夜嘛，他答應來我家吃，我們全家等著他，我兒子的朋友，我們親戚一起等他，等他到八點鐘，他沒來。我叫小惠給他打電話，一遍一遍打，他不接我們小惠電話。我叫小惠跑來你家敲門，他不開門。大年夜，他為什麼這樣對我們呀？他不來我家吃飯，他告訴我們一聲呀。他為什麼這樣對我們呀？我兒子朋友都笑我，說我要給我們家小惠找女婿吧。他不應該這樣對我呀。大姐，他很不應該的。我對他很不錯的，我現在想起來還生氣。我看他一個人，叫他來吃年夜飯，他嫌我家髒，嫌我家窮，他不要答應我們嘛。他為什麼這樣對我們呀？他襯衫都是我拿回家叫我家小惠給他洗好燙好，你們這裡沒有熨斗嘛，我叫小惠給他洗，洗好給他燙，燙好拿過來一件一件掛起來。我沒有要他一定要喜歡我家小惠。年輕人的事，我們大人不能做主的。我們小惠很好的，大姐，不是我一個人說的。我們家小惠真的好。小惠打電話他不接，他為什麼這樣對我們呀？他不應該騙我啊。他手機不接嘛。市裡面電話不要錢的，他接一下我們的電話啊。他不來我們家吃飯，他應該告訴我們一聲的呀。

大姐，你家鑰匙，我還給你。要有什麼事，大家不麻煩。你說是吧。上海人都不給保姆鑰匙。以前我做鐘點工，工資一次一次算，做一次拿一次工資。我兒子說，不行這樣算。這樣算，要做死咯。我做包月吧，你們不在家，我就放假噢，工資照月算。大姐，你看怎麼樣？

大姐，我問你噢。我孫子在上海沒有戶口，以後上學怎麼辦？在上海沒有戶口，學費很貴的。我們付不起噢，我孫子要回鄉下去上學啊。大姐，你問問你家先生，給我孫子在上海弄一個戶口，好吧？上海戶籍弄不到，給他美國弄一個，你看行不行？

大姐，拖把，你給我拿過來！

二〇〇八年六月，寫於上海

梅雨天

清早起來，小樓裡的人家照例大呼小叫。

一會兒，家家都折騰完，上學的上學，上班的上班。樓裡空了。

梅雨天，胸口悶得很，無緣無故要喘大氣。我把屋子裡的地板拖過，木傢俱，玻璃櫃上的霧氣也揩過，抹布水桶拖把在陽臺上一一晾好，廚房裡的碗櫃抽屜也一個一個打開。

小蕭來了，說，「妳們臺灣人，沒見過梅雨吧？害怕了吧。」

週末有客人來吃飯，要多買點東西。

我和小蕭一起提著菜籃子去買菜。

鄰家小狗被留在家裡，聽見我們的腳步聲，嗷嗷哭叫起來。

小蕭喊，「莫哭。再哭，阿姨打！」那小狗真就不哭了。

待我們的腳步遠了，小狗又嗷嗷哭起來。

小蕭回頭朝樓上喊，「再哭，阿姨打！」

西瓜

小菜場裡，大家都在買西瓜，一陣陣啪啪的脆響。小蕭挑了兩個，分別用草繩綁好。

「等會兒，一個拎回你家，一個我送給一個阿姐。就在回去的路上。」

小蕭的小姐妹家，在我們公寓外邊巷弄裡。

那條巷子口坐了一排老人。老鳥一樣盯著我，粗聲粗氣地問，「找誰啊？」

小蕭說：「三十四號格子間。」

那格子間，有人推開了窗戶，笑吟吟地，「來啦？」

小蕭喊，「阿姐！」

「鐵門開了，妳們上來啊。」

小蕭讓我也上去。

我跟在小蕭屁股後頭。學她，把鞋踩脫在鐵門外。

小蕭說：「阿姐，我給你挑個西瓜來。包甜的。」

老阿姐說：「天氣悶得來，一路提！」

小蕭說：「外邊三十八度。幾天吃不下飯，只吃幾口西瓜，喝點稀飯。」

小蕭的阿姐拿出兩條涼布花褲子，叫我們換上。

小蕭說，「不換了，馬上要走。」

阿姐說，「換上換上。」

涼布花褲果然涼。我們穿上花褲，站在電風扇前邊，翻起上衣吹風。然後，靠著洗碗槽，吃起了西瓜。

小蕭說：「西瓜肉也熱的。」

她阿姐說：「好的。甜。」

吃了一小塊，兩人都說：「冰箱裡擱擱，等下再吃。冰涼了，味道還要好。」

於是把西瓜收到冰箱裡去。

小蕭說，「今早買了一小簍子楊梅，也是甜的來。鹽水泡泡，泡出來一隻蟲。肥的，嚇死人。」

她阿姐說，「不要緊。報紙上說了，果蟲跟米蟲一樣，可以吃的。」

雨

有人從對面樓層的窗口伸出一枝竹竿來。竹竿上串著西裝褲，襯衫，棉襪子。襯衫方方正正張著兩隻短袖，稻草人一樣伸著胳膊一動不動。西裝褲褲襠翻出來，露出襯裡布和白色口袋，有點窩齪樣子。竹竿直直穿進一隻褲腳，另一隻褲腳打了一個斜，掛下來。穿這衣服的人好像在表演特技，作勢要飛到哪裡去，飛不了，做做樣子罷了。

樓梯間鐵門砰了一聲，一陣喀啦喀啦鞋響，有人下樓去。

遠處的蘇州河邊的辦公樓點上了燈，三三兩兩，飄在水氣裡。遠處商場的霓虹燈詭異地眨著的眼睛。藍藍藍綠綠，綠綠綠藍藍，綠綠綠藍，藍藍藍綠。

整個城市被關在一隻蒸籠裡。蓋得很嚴實，裡面一片濕熱陰黑，還罩著一隻渾身黏濕的怪獸。這怪獸要把城市一口一口吞進肚子去。吞一口，怪獸的眼睛會骨碌一轉，再吞一口，又骨碌一轉。

寫字樓裡的白領們被吞到了怪獸的肚子裡，還不知道發生了什麼事。依舊燈下算賬寫公文。

小蕭說，「要下雨了。」

老阿姐說，「下下來好，涼快點。」

黑得嚇人，趕緊把玻璃窗戶拉上。阿姐說，「不要緊，馬上卡拉卡拉要打雷，雨下下來，就清爽了。」

對面那家人都出去了，褲襪衣服還掛在竹竿上。一竿子衣服，明天都得重新洗過。

小蕭又取笑我，「妳們臺灣人，沒見過梅雨吧？害怕了吧。」

沒有雨，沒有雷。

天卻暗了下來。一時間，整個城市像隻大船，無聲地往下沉，越沉越快，正當下沉暈眩的時候，城市墜到了暗無天日的地方，停住了。

沒有雨，沒有雷。

整個大城，樓層，街道和黑暗同屬寂靜幽暗。

然後，黑暗裡有了一絲動靜。遠遠地，輕輕地，試探地，爆米花的聲音在樓層後邊隆隆隆走了過去。天的另一邊，起了一陣閒散的回音。

就在這時候，黑暗中爆出巨大的撕裂聲，伴著隆隆的回聲，一道玻璃電光把鬼魅的天空劈成兩半。玻璃電光兵分兩路，一路卡拉拉兀自在半空齜牙咧嘴發著凶光，另一道急急如律令，直直奔上蘇州橋。

啪的一聲清脆如耳光的響聲，蒸籠裡的燈火全熄了。小樓層過道裡冒出一點焦味兒。

停電了。

沒有雨，也沒有光。一片沉寂中，只有電火的焦臭味。

這時候，雨來了。黑暗裡希特勒的軍隊正疾步而來，兵士們端著長槍，大皮靴子踩在水裡。隨後，一支白色的隊伍踢著正步快速迎面走來，腳步響快勻稱。踏踏踏，踏踏踏，踏踏踏。大軍入空城，正步踏上千家萬戶的屋頂。踏踏踏，踏踏踏，鐵騎踏上辦公高樓的玻璃牆。踏踏踏，踏踏踏，踩上人家的窗戶和陽臺。踏踏踏，踏踏踏，踅上了輕軌軌道。踏踏踏，踏踏踏，涉水走過蘇州河。

雨聲遮蓋住城市其他一切的聲音。漆黑一片裡一道一道油亮的白光往地面摔打下去。高樓玻璃上，巨大無比的雨刷，甩過去橫過來。只聽見咻咻鞭子一樣的聲音。白色隊伍連番來去，一支過去，又來一支。

天光

像是坐了一趟雲霄飛車，恍恍惚惚以為飛車還在翻騰，屋外的雨卻已收兵。

天上出現一抹微微的亮色。黑暗的某個角落裡，又一聲短促的狗叫聲，只汪了一下。接著一個男人倉促地嘿了一聲。也只短短一聲。就打住了。

突然，整個城市又沉了下去，沉到更陰深更幽暗的深處。唰啦啦的白色大軍掉過頭，走了回來。嘩啦啦啦啦啦啦，沒完沒了。

沒有一絲亮光。烏漆一片中，竟有一輛出租車開上了蘇州橋，緩緩爬過滂沱的白色雨林隊伍朝市中心移動。小高樓裡，也有人摸著黑，吹起笛子來。有一陣沒一陣的笛聲，夾著滂沱的雨聲。管壁之間，居然還聽得見間歇的琴音，大概是從水管裡流過來的。

天空開始暗一陣亮一陣，亮一陣暗一陣。對面人家的陽臺上出來了一個人影。街上已經有了車子，耐心地一輛咬著一輛，慢慢移動著。黑暗中，有人提著褲腳，涉水過街，正在找下腳的地方。

天空一點一點地亮了起來。
大地一片從容安詳。
人間天真馴服。
小蕭跑到陽臺上往外看看了大半天。突然喊起來：「哎呀！都什麼辰光了？」
原來，這場雨已經下了兩個多小時。
說著，屋子裡突然大放光明。
小蕭說，「啊唷，趕快回去。小狗一定哭得嗷嗷叫喔！」

楊梅

楊梅紅透了。小販子把它們撿到白搪瓷碗裡，堆成小尖塔。三隻搪瓷碗一籮筐，挑到路邊。路人把楊梅買回家，輕手輕腳一個個放進鹽水裡浸過，一顆顆小心撿出來，捧在掌心裡，在水龍頭下邊過水。手上沾了一手潑紅。

南匯小西瓜也上市了。水果攤上新到了一小卡車帶豬尾梗子的。賣水果的福州人正領著幾個男女孩子，排成一隊，那些瓜就從一個手掌跳到另一個手掌，一一躺上了攤上的方木格。

雲朵一層一層，把太陽蓋住。晾在陽臺上的衣服一直乾不了。

小蕭說，說，「妳們臺灣人，沒見過梅雨吧？害怕了吧。」

我說，「我們臺灣也有西北雨。」

小蕭說，「我知道，西北雨就是聲音大一點，沒什麼。梅雨才可怕。」

出了梅雨天，就是暑天。太陽也會一天天厲害起來。

二〇〇九年七月，寫於上海

香江過客

每年都到香江來，多半是在寒暑假空檔。

T自去忙碌，我有大把的時間，凝望迷離仙島，天光變幻。烽火有急千里之外，縱然公務有急，諸事繁瑣，香江卻只有浮沉的故事。

香江的淚水汗水，愛情糾葛的故事，早被寫進了張愛玲的《傾城之戀》，王安憶的《香港的情與愛》，施叔青的《香港三部曲》，和黃寶蓮的殖民記憶、難民流離之書裡。那些來不及記下的，徘徊在香港的灣仔，銅鑼灣，跑馬場，太平山，和淺水灣邊。

一

夜色中的海灣是絲藍色的，霧氣迷離的水面上，端坐著一方方硯臺般的小島。要到清晨魚肚泛白的時候，幾艘白色汽船開上絲藍的水面，幽幽劃下幾道白色水煙，太陽出在海面上撒下一把金粉，沉靜一宿的海灣才甦醒過來。海面上一寸寸地由藍而白而金亮。環海車道上，也滑行起了或綠身白頂，或紅身白頂的一輛輛出租車。

仙氣繚繞的香江，其實是現實，擁擠，燥熱，繁華，並且冷酷的。人馬一波波來去，在旖旎山海之間，尋尋覓覓。各種慾望和闖鬥，意氣和跌打，都濃縮在這裡。香江是個好漢打落牙，才女也要拳打腳踢的地方。旖旎婉轉，多情多義，卻有淚不輕彈，於是步履闌珊之下，總藏著撩撥的手勢，流利的眉眼，和放浪的言語。

香港的山岩坡石層層疊疊。石上蒼勁青樹，岸上龍蛇雜處，浪漫與尷尬，幹練與柔情並肩同行。香江的故事裡，前僕後繼，永遠有心中迷濛的人兒，無盡折騰的好漢，也註定有漂泊的浪人。

二

來去香江，常住同一家旅店。

多年來去，記住了這裡電梯的快慢，迴廊的幅度，餐廳的日光開合，窗外的水波紋理，沙發椅的軟硬手感，地毯踩在腳下的軟硬，甚至通風口偶然飄來的飯菜味道。旅店的常客中，也有一些熟悉的面孔。

大堂管理Steve總把手端放在胸前，朝來客鞠躬。櫃臺的Peily去年當了媽媽，成為豐潤的少婦。上午十點鐘，會有一對唐裝素雅的中年夫婦到大堂來打掃。男人帶著吸塵器，女人提著藤籃子。

下午茶時間，能聽到許多故事。

服務員Ken已經成了我們的好朋友。為我們倒咖啡時，會小站片刻，分享他的獨門八卦：

「以前我們這裡有一位櫃臺小姐，叫Emily，你們記得嗎？現在走了，離職了，讓美國人挖角到外商公司去了。就是上次跟你們聊天的那個啤酒肚，方方臉的。」

「以前那位長住在這裡的外籍教師，半年前讓學校解聘，不住這裡了。一個再見也沒有，就走了。說不定下次你們來，他又回來了。沒聽人說過嗎，不是不見，緣分未到。有緣分就會再見的。」

「回英國了嗎？」

「我不知呀。」

「留了地址嗎？」

「我也不知呀。」

「嗄，怎麼會？」

「不關我事呀，不要問我。」

英語教師是個憤世嫉俗，語出驚人的英國紳士。

每次來，都會看見他的新女友。一位叫Michelle，一位叫Alice，還有一位是Katherine。但他時常念叨的，是Terri。

「漂亮的女人都不會原諒男人。Terri 就是。」

忍了好半天，我還是問了，「你做了錯事吧。」

英國紳士支吾道，「不過是男人那些事呀。」

原來，他天地鬼神皆不怕，唯獨怕一種叫「真愛」的東西。簡單地說，他懷裡抱著的，和心裡想著的，總不是同一個女人。

他是《桂花蒸——阿小悲秋》裡的男主人翁。

三

歷史的記憶，眼前的故事，在香江推陳出新，共存共榮。

人在香江，是不是該讓時間留百，看海上迷霧，聽仙山海上飄渺恍惚的人間八卦？

如此香江。又是迷離的一日。

二〇一五、八、廿七（沙田）

大樹進城

這大城歷盡過一場劫難，一個鶴子翻身，活了過來。百年金身，不出幾年，又是一片繁華燈火。

城市建設如風似火，四處撩燒開來。風火過處，灰土煙砂網子一樣漫天籠罩，無聲地騎上了人家的屋頂，陽臺，晾衣架，電線杆，坐上了街邊的梧桐樹葉。

四處高牆上有「城市，使生活更美好」的字樣。人們在牆邊穿行來去，光鮮體面，高牆後面，卻是老舊待拆的棚戶民房，一一等待被放倒。翻土機像是一隻不吃不喝，不拉不睡的怪獸，整天搖擺著身子，扇著大頭，尋找下爪子的地方。所到之處，悶響轟然，一棟棟百年老屋，棚戶磚房，都要倒下。

鐵樁栽進海上灘地，鐵塊熔成了火紅流焰，水土砂石攪和搗騰，成就一壁壁遮斷天日的高牆。軌道交通穿天入地。地下鐵道結成蜘蛛網般的線路，黑蜘蛛把人們一個個吞吸到肚子裡，運送到遠處的某個地道口上，再一口一口吐出來。高速鐵路，磁懸浮列車，以三百多公里的穩健速度往前疾駛。遠看只是一道白影，無聲刷閃過去。那車上的人屁股剛放穩了，一眨眼已經到了幾十里外。

人們也像是中了魔咒，晝夜奔走，不得休息。累了睡倒，醒來又繼續奔走。

一、蘇州河

蘇州河從太湖出來，流經城鎮，穿過運河，走進城市。走著走著，水面一個迴旋，擠出一道水灣，成就了三面臨水的一塊好地。廣闊的河面沒有停腳，緩流暗步，往前軸捲而去。

河對岸是老教會學校聖馬丁，靜靜挨著明珠農貿市場、蔥蘢的老公園。霞紅色的高架鐵橋橫空跨過蘇州河面，劃出一道彩虹。輕軌列車就在彩虹橋的臂膀裡，飛一樣過去。天橋上，男人女人推著自行車，螞蟻一樣挨著個兒爬上了橋，要過河去。船家鐵綠色的船板洗刷得清爽整齊。船板上一派黑陶罎子，養著小蔥、雞毛菜、和茉莉花兒。竹竿上男人女人的衣服襪子都洗得乾乾淨淨曬著太陽。

城市的土石哐啷聲、人車吆喝聲好像都遠了。貨船、土石船、糞水船在這裡嗒嗒打著空轉。岸邊走路的人放慢了腳步，好像聽見什麼人說話，再一聽，原來是風過水面，驚動了水面上歇息的絲絲青柳。

據說，這地方以前叫「三灣一弄」。潭子灣、潘家灣、朱家灣，加上一個藥水弄。一個姓潘的，一個姓朱的，還有一個賣藥的郎中，住在這裡。那姓潘的，姓朱的，和那賣藥的郎中，現在都不知道上哪兒去了。有錢人看上了這片濱水的好地方，買斷了地皮，蓋起高樓。白領人家，年輕夫婦，下海從商的的大學教授，公司企業的行政主管，離退的老幹部，上學的孩子，世界各地日本韓國來學漢語的留學生，還有大洋娃娃一樣漂亮的混血孩子，大人小孩男人女人老人年輕人，先生太太小孩小狗爺爺保姆阿姨一戶戶住了進來。

樓盤門面開敞大氣，毫不吝嗇地把自己的滋潤日子，展示在破舊的老棚戶建築中間。青磚的灰青、棕櫚的老綠，門警、水塘、石帆船、把路人看得個個張開了嘴巴。紛紛問道：「三萬了吧？要三萬一平方米了吧？」

二、小夏

夕陽時分，雲雲紅光裡，蘇州河、彩虹橋、琉璃高樓，瓦房樹木，都在濛濛灰沙裡，幽幽放光。

風把市聲、汽船聲、小狗吠吠聲、音樂聲都吹到了水面上，浸濕了，泡軟了，再一波波吹送到小高樓人家的窗口邊陽臺上。濕潤潤的就鑽進了人的耳朵。

小高樓層裡，有一個叫小夏的姑娘，為樓裡的人家洗洗刷刷。

這姑娘個子小，一雙手伸出來卻爪子一般，嚇人一跳。冬天幹活兒，她不戴手套，手就浸在零度冷淅淅的漂白水裡。樓裡的一家人給了她一條鐵灰色西裝褲，又有人給了她一雙短拉鍊靴子，一件半新的白色羽絨衣。小夏從入冬一直穿到了隔年三月。

小夏的自行車每天都停在河邊樓盤大樹下。車前面掛了一隻鐵絲籃子。平日，小夏只管鎖起眉頭，張著嘴，使力氣幹活兒。她一早沿著河邊移到百米高牆，繞過河邊橋洞，到小高樓裡去幹活兒。下午幹完了活兒，再沿著高牆走到棚戶那片棚戶，臨著糞水碼頭，在大橋下面，讓一堵高牆圍住了。從牆外邊走過去，並看不見。只有上了橋，遠遠在夕陽裡才看得見炊煙和人家。

小夏是安徽阜陽人。那年，她十二歲，出來找她爸爸。找了這些年，卻沒找著。小夏倒在城裡住下了，先跟她一個老鄉阿姨，在工地燒飯。後來有人把她帶到小高樓裡，給人做小保姆。那時候，她才十四。人家不敢用，小夏就說自己十六。

人們都說，小夏的爸爸「失蹤」了。逢年過節，小夏並不回阜陽。她到糞水碼頭邊去燒紙錢。

不知道什麼時候開始的，有人在挨著橋下高牆的水泥地上，畫起了臉盆大小的白圈圈。圈裡不時有些燒得殘白的灰燼。過路的人都小心繞過，不踩在白圈圈上。大家想想就明白了，那是外地來的民工，過年過節燒紙錢祭拜祖先呢。

市區的清潔車每隔一陣子，用水龍頭嘩嘩沖洗一次。把磚塊路面，連同掉落的梧桐樹葉，黑白灰燼都打理了。過不多久，白圈圈又會畫上，從牆這一頭排到牆那一頭，一長串。

小夏燒之前給外婆和她小夏。這兩年，她也燒給她爸爸了。

三、棚戶

小夏住的這棚戶，有百來戶人家。棚戶房子蓋得很隨意，遇上大樹，就把大樹攬進屋子，遇上半堵破牆，就把一塊塑膠布破木板什麼的蓋在上面。成就了遮風避雨的家，露天的廚房，一家小雜貨攤，索性扯來一片房地產開發商的廣告板，當遮陽板。廣告板上中文英文字並排，上面寫「蘇州河畔住宅產業博覽會」，下面寫「Zuzhou River Estate Showcase House Exhibition」。旁邊那棵梧桐樹杈上，還掛著一條大黃魚，張開大嘴任它風乾。嘻嘻哈哈的孩子在魚身下面，玩得開心。

多半是外地來的民工在這裡借房子住。都說這裡要拆遷了，原來的主人和開發商僵持了好幾年，開發商放了話，早早配合開發商領了拆遷費搬家的，有優惠福利。只要貼上十萬塊錢，就可以買到城外新建的民房住宅。棚戶主任儘管不願意，到底抵不住開發商一波一波的開發計畫，悄悄領了拆遷費，一戶戶搬走了。

每搬走一戶，建築商就立刻派了人來，爬上屋頂，斧頭錘子咚咚一陣敲打，只消半個上午光陰，即把幾十年的人家煙火，愛恨情仇就給消抹盡盡，墻倒瓦碎，地上剩下一方水泥格子。鄰家外牆上的三角屋棱上，還看得見周杰倫，蔡依林，王力宏的海報照片呢。沒搬走的人家立刻來占地盤，在斷牆瓦塊間，架起竹杆，拉上繩子，招展起棉褲尿布和各式大小顏色內衣、胸罩。

剩下的釘子戶都是外來的民工，房費已經早早繳付給了原來屋主，多住一天就賺一天。索性腆下臉來，在這裡安居樂業。洗衣服的，餵雞的，摘雞毛菜的，晾蘿蔔乾的，打毛衣的，看小雞打架的，逗小孩玩兒的，家常日子過得不慌不忙，輕閒穩當。

四、尋找

早早晚晚，棚戶進口那堆瓦礫垃圾堆，都有幾個中年男人彎著腰，在那裡翻翻弄弄。

小夏早上出去，男人們站直身子，說，「出去啦。」

小夏晚上回來，男人們也站直身子，說，「回來啦。」

小夏嗯一聲，只管往裡走。

這時候，男人們就說，「小姑娘人家，一天到晚找人，不找這個，就找那個。」

小夏低頭低走進小巷子。一個拖長的聲音在陰暗的小弄堂裡轉悠開來。賣，芝麻花。芝麻花哎。」轉眼間，這聲音已經到了小夏身邊。一個中年男人推著自行車，後面竹籮筐裡高高堆著芝麻花捲兒，塑膠口袋大大張開著。男人招呼小夏：「芝麻花吃不吃？」不待小夏搖頭，這人又唱起來：「芝麻花，芝麻花哎。」自顧往前去了。

一個女人從家裡端了一盆水走出來，突然放聲嚷嚷起來，「我的小白菜！是誰弄的？都弄髒了呀！」原來，牆邊一塊豆腐板大小的小白菜圃，正長得青嫩擁擠。此刻拆屋子的灰塵飛沙，都覆滿了鮮綠的小身子。旁邊坐小板凳上摘豌豆莢的人一點不為所動，慢條斯理幹他的活兒。女人憤憤把一盆子洗臉水潑在小白菜上，拎著紅盆子進屋去了。一會兒，敕辣辣油水蔥段爆香的味道，就從她家的廚房小窗口漫了出來。

幾隻公雞忙碌地在水泥瓦爍堆裡叼啄著，尋找好糧食。

小夏走到小雜貨店口。看見幾個孩子吆喝著在瓦堆裡躥上躥下。

「你別想了，你上不去的。」一個孩子說。

「我上得去。」另一個挺起胸膛。

「你怎麼上去？」

「我爬上去。」

「算了吧你。」

「你才算了吧你。」

「哎，你們。」小夏發話了。「今天看見他沒有？」
「不知道。」大的說
「回來，又走了。」小的說。
「叫你多嘴！」大的舉起手來，一巴掌扇過去。
巴掌不輕，小的居然不哭，只扶著臉發愣。
大一點罵他，「吃了人家麻花糖，你還說。」
小的還是扶臉愣著，沒哭。

五、衛東

衛東上次回家，是讓他爸媽給叫回去的。給人按坐在小夏身邊，一支圓凳子上。
街坊鄰居都給叫了來。棚戶巷子過道擺開幾張桌子，喝酒吃飯。
「這事辦了。我們做父母的，責任就完了。」衛東的父母，舉起杯子來。
棚戶人都說，「打工的走到了一起，彼此照應，比什麼都強。」「那些城裡人，是不會來幫我們的。能走到了一起，是緣分。」
衛東坐了一會兒，說要洗手，一去不回。

一開始，衛東他媽還跟他商量：「是件好事，為什麼不呢？」

衛東說，「這事你們別插手。」

「人家沒爹沒媽的。咱撿到個孫子，不吃虧。」他媽說。

「要你們別管，你們就別管。抱孫子，還得我點頭。」

「這孩子！你要商場裡那些姑娘。告訴你，那些肩不能挑，手不能提的姑娘，不能要。」

「你們要招惹她，以後你們負責！」

衛東他爸背著手踱步子，幽幽說道，「人哪！在外頭打工，心都打散咯！」

六、鬼打牆

小夏和衛東在河邊說過話。

小夏說，「你是咋想的？」

衛東望著河水，不發一言，好一會而，把袖管子捋起來，露出手肘子。肘上盤了一條刺青小蛇，吐著帶叉兒的火苗子信舌，蛇身紋得一鱗一鱗，旁邊歪歪倒倒，三個麻將大小的字。一個女孩的名字：田苗苗。

小夏咬緊嘴唇，成了一浪波紋。

一會兒，衛東先走了。

暮色裡，河對岸橋上來了一對男女，手上各拎著塑膠袋子，不知道說什麼，說僵了，兩人僵持著。站了一會兒，那男的一把扯過那女人的塑膠袋，跨步先走了。那女的空著手，站了一會兒，追了上去，緊跟著。又過了一會兒，一個男人上了橋。吃力地把一輛載滿大小攤平了的紙箱搖搖欲墜的板車，拉上橋來。板車後面原來還跟了一個女人，弓著身子，在板車後面推。一男一女好容易上了橋。女人快步跟到男人身邊，一手扶上了男人的腰。兩人氣喘吁吁，並排邁著步子在橋上走。

河水啵啵拍打著防汛牆，一隻脫毛的小狗東嗅西嗅一路嗅到小夏身邊。在小夏腳下不遠，躺了下來。

直到天色暗透了，小夏才走到河背上去。她在一個沒有人的地方，蹲下來撈起裙子，撒了一泡尿。

在農村時，外婆告訴過小夏，這世界上是真有鬼的。人在世界上，走著走著，有時候就撞上鬼了。鬼沒有身體，人看不見它們。也因為沒有身體，鬼也不能拿人怎麼樣。但鬼倒有一個本事，能「打牆」。鬼打的牆，能把人圈住，怎麼走，也走不出去。

外婆說，「要是碰上了鬼打牆，莫要慌張。蹲下來，撒泡尿。尿一撒，鬼打的牆就不靈了，要倒。一時半下沒倒下，就等等。等隔天天亮了，那牆還是要倒的。遲早的事。千萬莫要慌張。日子怎麼過都是過，只要堅持，就過得下去。比如看戲，戲臺腳下站久了，就是咱們的了。」

這鬼打的牆，遲早會倒的，要是一時半下沒倒下，等天亮了，還是要倒的。

回去的路上，小夏給肚子裡的孩子，想好了名字。

七、小家樹

「家樹」這名字，讓棚戶裡的中學生在網上評了分。

按筆劃、發音、還有整體分數三項，在網吧裡仔細計算過，得了一個九十八分。

網上說，取這個名字的人，以後是要上大學的。大學畢了業，不做生意賺大錢的話，就是在大學裡當教授，說不定還要出洋做大事呢。

大夥兒聽了都高興。

這事，本來有些彆扭。先是小家樹他媽懷上了，可小家樹他爸鐵了心，硬是不娶。說讓小家樹他媽賴上了，小家樹他爺爺奶奶說，這在老家是不可以的，逼著小家樹他爸結婚。

從那時候開始，小家樹爸爸就不回家了。

小家樹生下來那一天，家裡沒有人。沒人燒熱水。隔壁接生婆說，娃娃要凍著了，先包起來，等他爺爺奶奶從小菜場回來，再給他洗吧。小家樹他爺爺奶奶回到家，聽說生了個男孩，激動得了不得。他奶奶憋著眼淚，先到廚房自己胡亂擦了身子，才出來抱孫子。她怕自己身上不乾淨，弄髒了小娃兒。

小家樹一天一天長大了。小嘴巴裡說出各種各樣的話來。

「小夏，你把我哄睡了，你再睡覺，好嗎？」

「小夏，這次就算了吧。下次我不聽話，你再打我好了。」

「小夏要打人啦。小夏數到三，巴掌就上身。」

轉眼，小家樹三歲半了，要上幼稚園了。

第一天。小家樹哭個不停，是讓小夏抱進教室的。進了教室，小夏沒有走，抱著小家樹在教室坐下了。老師說話了，「小家樹媽媽，家長都該回去了。」

第二天。小家樹猴在在小夏身上，不肯下來。老師把他給扯了下來，抱進教室去。老師擋住小夏，沒讓小夏進教室。

第三天。老師跟小家樹說，「小家樹最聽話了。這兩天學習很好。老師很喜歡小家樹的。」老師又說，「今天小家樹進教室不要人抱了。自己走。」小家樹愣住了，嘴巴一撇一撇，由著老師牽起他的手，進教室去了。才跨進教室，就掌不住了，放開了嘴巴哭得萬分絕望。小家樹回頭看小夏，小夏也滿臉濕答答的。

老師不讓小夏進教室。揮手讓小夏走。

小夏腳下慢慢動著，耳朵裡聽著小家樹哭。走到樓梯底下老師看不見的地方，小夏就停住了。她等在樓底口，等到了一個女人牽著孩子過來。小夏跟這女人說，「大姐，你上去幫我看看我兒子。看他還哭不哭。我兒子他穿的衣服跟人家不一樣，是名牌的。他穿的衣服是我做鐘點工那家人送的。」

那女人上去了。下樓來的時候，跟小夏說：「老師說了，你兒子沒在哭。要你回家去。老師說，你要不回去，你兒子更要哭了。」

小夏不放心，問：「是你看見我兒子沒在哭，還是老師要你說我兒子沒哭呀？」

那女人說：「小孩總是要哭的。交給老師管好了呀。我家娃娃也哭，也是交給老師管。」

小夏說：「那，我兒子還在哭，是吧？」

那女人說：「哎呀，我跟你說不清爽。你自己上去看好了呀。」

那女人說著走開了。

小夏還是站在樓梯底下。一會兒，老師出來了：「小家樹小夏，你回家去吧。你不回去，我們沒法教育孩子了。」

這天，小家樹回家的時候，衣服上貼了一個五角星。是老師特別獎勵他的。老師說小家樹今天很守紀律，聽老師話，對別的小朋友很好。

接下來幾天，老師要是給小家樹貼了五角星，小家樹就特別樂意上學。老師要是沒給小家樹貼五角星，小家樹就不樂意上學了。

小夏覺得小家樹一天一個五角星的要求，實在不算多。小夏到學校去找老師。等了大半天，老師才有空。小夏跟老師說：「老師，有一句話要跟老師說說。老師要對我們小家樹好，就請老師每天給我們小家樹貼個五角星吧。」

老師說，「小家樹媽媽，五角星不是想貼就貼的，要學習好，睡午覺好，表現好，對小朋友好，才給貼的。」

小夏說，「老師，你不知道，我們家在上海是沒有戶口的。他爺爺也沒有戶口。小家樹上學貴得很。要很多錢。我們打工，苦得很。小家樹也乖得很。他平常沒什麼要求的，就想每天要個五角星。老師就鼓勵鼓勵他吧。」

老師說，「那怎麼行呢？每個小孩都要起五角星來，那就要亂了。」

小家樹媽媽回家想了又想，覺得對小家樹過意不去。別的東西沒法弄給小家樹，一個五角星，她這作媽媽的，說什麼也要給小家樹爭取到。

隔天，小家樹媽媽再到學校去。跟老師說，「老師，如果在教室裡，你不能給小家樹貼五角星。這個我也理解的。那，這樣好不好？老師在快放學的時候，辦公室裡沒人看見，請老師幫幫忙，給小家樹在口袋裡面，沒人看得見的地方，悄悄貼一個吧。」

小家樹媽媽說，「小家樹跟別的孩子不一樣。他在上海沒有戶籍，上學很貴的。他別的也沒什麼要求。每天一個五角星，實在不算多呀。」

老師纏不過小家樹媽媽，就給小家樹在口袋裡邊，別人看不見的地方，貼了一個五角星。

八、四季

四季變換著顏色。

春天桃紅。夏天蔥蘢。秋天黃褐。冬天的寒霧裡泛出迷紫。

多事的人在一片白牆上鑿出了一個長方形的洞來。往方洞裡一張望，原來是一片廢墟和破舊的棚戶民房。斷壁殘垣間夾著雜草、爛樹根，還有幾棵光禿禿的樹丫兒。廢墟上覆著老重的瓜葛花藤。老舊的磚瓦民房，兩樓的、三樓的、還有亭子間，高高低低擠在一起。隔著河水霧氣遠遠看，這裡倒是一張老城廂的風景圖片呢。

這張圖畫裡，住著一戶人家，有爺爺，有奶奶，有媽媽，還有一個小男孩，叫家樹。

小家樹的額頭上立著一捲小海浪，後腦勺上還拖著一撮小尾巴。他跟媽媽在天井裡撐起了晾衣服的竹竿。竹杆兩頭讓磚頭壓得牢牢的，不讓風把衣裳吹走了。

平常，小男孩的爸爸在外頭賺錢，不回家。小家樹和爺爺奶奶，就在這裡安家。

一夕之間，蘇州河畔一處光禿禿的小高樓盤，就有了一片養人眼目的園子。

早晨太陽出來的時候，一個拖著菜籃子的阿姨，咦的一聲站住了。「哪個辰光來的這些樹？昨天走來走去沒看到的呀？」

一個小保姆推著娃娃車，也讓突如奇來的林子驚住了，張大了嘴巴，嘴裡喃喃道：「噢，大樹，大樹噢！」

鳳陽，樸樹，銀杏，青桐，千頭椿，金錢松，紫竹，新疆楊，速生柳，矮棕櫚和接枝東方衫，琳琳琅琅，在濱河人行道上安置得妥當。

海上來的小鳥兒路過城市，看見大樹受到城裡人的禮遇，五花大綁動彈不得，草繩老老實實圈到脖子下面咯吱窩邊。都呼朋引伴，嘰嘰喳喳地：「快來看，快來看，大樹在城裡安家啦。」

小家樹和爺爺奶奶，小夏媽媽，一家人在城裡安家了。

小家樹他爸，回不回家呢？

二〇一〇年春天

釀文學237　PG2282

一撇到西洋

作　　者	明鳳英
責任編輯	徐佑驊
圖文排版	詹羽彤
封面設計	王嵩賀

出版策劃	釀出版
製作發行	秀威資訊科技股份有限公司 114 台北市內湖區瑞光路76巷65號1樓 電話：+886-2-2796-3638　傳真：+886-2-2796-1377 服務信箱：service@showwe.com.tw http://www.showwe.com.tw
郵政劃撥	19563868　戶名：秀威資訊科技股份有限公司
展售門市	國家書店【松江門市】 104 台北市中山區松江路209號1樓 電話：+886-2-2518-0207　傳真：+886-2-2518-0778
網路訂購	秀威網路書店：https://store.showwe.tw 國家網路書店：https://www.govbooks.com.tw
法律顧問	毛國樑　律師
總 經 銷	聯合發行股份有限公司 231新北市新店區寶橋路235巷6弄6號4F 電話：+886-2-2917-8022　傳真：+886-2-2915-6275

出版日期	2019年11月　BOD一版
定　　價	320元

Printed in Taiwan

國家圖書館出版品預行編目

一撇到西洋 / 明鳳英著. -- 一版. -- 臺北市：
釀出版, 2019.11
面； 公分. --（釀文學；237）
BOD版
ISBN 978-986-445-359-7（平裝）

863.55 108016080

讀者回函卡

感謝您購買本書，為提升服務品質，請填妥以下資料，將讀者回函卡直接寄回或傳真本公司，收到您的寶貴意見後，我們會收藏記錄及檢討，謝謝！如您需要了解本公司最新出版書目、購書優惠或企劃活動，歡迎您上網查詢或下載相關資料：http:// www.showwe.com.tw

您購買的書名：________________________________

出生日期：________年________月________日

學歷：□高中（含）以下　□大專　□研究所（含）以上

職業：□製造業　□金融業　□資訊業　□軍警　□傳播業　□自由業

□服務業　□公務員　□教職　□學生　□家管　□其它_____

購書地點：□網路書店　□實體書店　□書展　□郵購　□贈閱　□其他

您從何得知本書的消息？

□網路書店　□實體書店　□網路搜尋　□電子報　□書訊　□雜誌

□傳播媒體　□親友推薦　□網站推薦　□部落格　□其他__________

您對本書的評價：（請填代號　1.非常滿意　2.滿意　3.尚可　4.再改進）

封面設計____　版面編排____　內容____　文／譯筆____　價格____

讀完書後您覺得：

□很有收穫　□有收穫　□收穫不多　□沒收穫

對我們的建議：________________________________

____

____

____

請貼
郵票

11466
台北市內湖區瑞光路 76 巷 65 號 1 樓
秀威資訊科技股份有限公司 收
BOD 數位出版事業部

（請沿線對折寄回，謝謝！）

姓　　名：＿＿＿＿＿＿＿＿　年齡：＿＿＿＿　性別：□女　□男

郵遞區號：□□□□□

地　　址：＿＿＿＿＿＿＿＿＿＿＿＿＿＿＿＿

聯絡電話：(日) ＿＿＿＿＿＿＿＿　(夜) ＿＿＿＿＿＿＿＿

E-mail：＿＿＿＿＿＿＿＿＿＿＿＿＿＿＿＿